追放令嬢の私が魔族の王太子に溺愛されるまで

プロローグ

「僕の運命の人は……君だ」

そう言って、彼は彼女の足元に跪《ひざまず》いた。彼女は、感動にその大きな瞳を潤ませて、彼に手を差し出す。その傷一つない真っ白な手に、彼はキスを落とした。二人は熱のこもった視線を絡ませ合う。

「マーガレット、愛している。僕には、君だけだ。……どうか、僕の伴侶となってほしい」

「私も……ブルーズ様をずっとお慕い申し上げておりました。ずっと側に置いてくださいませ」

彼は承諾の返事に微笑み、立ち上がる。そして、二人は強く抱きしめ合った。

元々、彼から指示を出されていたのか、宮廷楽団がタイミングを見計らったように、音楽を奏で出す。周りもうっとりしたように、二人を見守っている。彼女の父であるカシャーム伯爵など涙ぐんでいるほどだ。

そんな安物の芝居のような光景が繰り広げられる一方で、私は叫び出しそうだった。

今すぐに真横にあるテーブルクロスを引っ張って食事をひっくり返し、手当たり次第にワイングラスを床に叩きつけ、彼に飛び蹴りを食らわせてやりたい……と心の中で思っていた。

なぜなら、彼……トゥグル帝国の王太子ブルーズが跪《ひざまず》いて、婚約を乞う相手は自分だと数十秒前まで疑いもしていなかったのだから。

だからといって、ここで私が騒ぎ立てても誰も信じてくれず、頭がおかしい奴だと思われるのは目に見えていた。プロポーズされたマーガレット嬢は伯爵令嬢、かたや私は子爵令嬢。どちらが王太子妃に相応《ふさわ》しいかなんて言うまでもない。

ここで騒ぎ出しても、損をするのは私一人だ。今は耐えて、真相はあとでブルーズに問《と》い質《ただ》そう……私はそう決めて、強く拳を握りしめた。

しかし、私の怒りのこもった熱い視線にブルーズが気付いたようで、マーガレット嬢をその場に残し、彼は私に歩み寄ってきた。それと同時に来場者の視線も私に集まる。

彼の口から出るのは、謝罪の言葉だろうか……それとも弁解の言葉だろうか……。せめて誠実な言葉を期待したい。私はまっすぐに彼の瞳を見つめた。

すると、ブルーズはにっこりと私に笑いかけた。悪びれもしないという予想外の反応に私は唖然とする。そして、くるっと私に背を向けると来場者に向けて、高々と演説をし始めた。

「会場の皆さんの中には、本日、私がこちらのリリアナ嬢に婚約を申し入れると思っていた方もいらっしゃるかと思いますが……それは全て悪意ある方々が流したデマです！　私はリリアナ嬢とは何の関係もありませんし、ましてや二人で会ったことなんて一度もない！　しかし、この噂のせいで、ずいぶんとマーガレットにも辛い思いをさせてしまった……。カシャーム伯爵、マーガレット……改めて、本当にすまなかった」

は？　私と関係がない？　二人で会ったことがない？

そんなはずがない。私たちは恋人同士なのに。

それどころか、私は婚約者候補として王宮に私室を与えられている。そこにこの一年間通い、王太子妃教育を受けてきた。確かに婚約は正式なものではなかったし、嫁入り前ということもあり私の存在は隠されていたが……

「ブルーズ？　あなた……一体何を――」

「リリアナ嬢、このような場で僕を呼び捨てにするなど不敬だぞ。とはいえ、そなたとはこれからも長い付き合いになるのだ。今回は許してやろう」

長い付き合い？　どういうこと？　やっぱりブルーズは私を揶揄《からか》っていただけで――

そう思った瞬間、私の耳には信じられない言葉が響いた。

「皆様、リリアナ嬢は隣国である同盟国、シルワ国の王太子に輿入れするべく、王宮でこの一年間、教育を受けてきたのです。そのため、あのようなデマが広まってしまったのだと思います。未来の隣国の王太子妃ということで優しく接していたのですが、彼女は何か勘違いをしてしまったようで、私に馴れ馴れしくて困っていたのです」

信じられない嘘の数々に言葉を失う。それと同時に会場が一気にざわめいた。

「シルワって、あの魔族の国の？」

「あんなところに嫁ぐなんておぞましい……」

「動物のような連中だと聞いたぞ」

「納得したわ、子爵令嬢なのに殿下のお相手なんておかしいと思ってたのよ」

「殿下もあんな田舎娘にまとわりつかれて、お可哀想に」

頭が真っ白だ。でも、クスクスと笑うマーガレット嬢と、私を嘲笑《あざわら》うような視線を向けるブルーズを見て、裏切られたことだけはわかった。

もう我慢できなかった。一言文句を言ってやろうと、口を開きかけた瞬間、ブルーズは私の耳元で囁《ささや》いた。

「そなたの生家と、妹君がどうなってもいいのか？」

「……っ！」

燃え上がった怒りは、急に水を掛けられたように消え去り、背筋が寒くなる。

私が口を噤んだのを彼は鼻で笑うと、続けてこう呟いた。

「ここで騒げば、ベルモント家の娘は皇帝家に不敬を働いたことになる。そうなれば、ただでさえ没落寸前の君の家は、他の貴族からの信頼も失うことになって……ククッ、没落するだろうな。そしたら、君が必死で守ってきた妹の治療もできないんじゃないか？」

最低だ。こんなに酷い男だと思わなかった。今日の今日までそれにまんまと騙されていた自分が情けない。私は横目で彼を睨みつけた。

「……この、卑怯者」

「なんとでも言え。こんな状況になっても涙の一つも流せない可愛げのない女など、私には要らない。お前のその人を見下す態度がずっと気に入らなかった。僕に必要なのは、マーガレットのような可憐な女性だよ」

可憐と評された彼女は、勝ち誇ったような卑しい笑みをこちらに向けている。その笑顔に可憐さなんて欠片も感じられなかった。

それでも、選ばれたのは彼女だ。私はただ唇を噛みしめるしかなかった。

私を一人残して、クルッとブルーズは身を翻し、マーガレット嬢の元へ戻っていく。

……許せない。しかし、悔しさが涙となって流れそうになったその時、ブルーズの頭上に小さな影が飛び乗った。

それは、私の小さな親友である、妖精のアイナだった。彼女は怒りの形相でブルーズの頭を殴り、蹴り、唾まで吐きかけていた。

彼女の姿は私にしか見えないし、彼女の攻撃はブルーズにもちろん効かないが、その姿は私に勇気を分けてくれた。

……私は微笑み、自分に言い聞かせるように呟いた。

「そうよね……こんな奴に負けるもんですか」

そして、背筋をぐっと伸ばし、完璧な笑みを浮かべる。

「身に余る素晴らしいご縁を与えてくださった王太子殿下に心から感謝申し上げます。シルワ国の発展に寄与し、必ずや国交を通じ、この恩を……何倍にもして、返しますわっ!!」

私の宣言に周りは唖然としている。だが、ブルーズやマーガレット嬢は、ただの強がりを言っていると思っているのか、二人でクスクス笑い合い、私を馬鹿にしたように見つめた。

覚えてなさい……隣の国からあんたらをぶっ潰してやるんだから……っ！

こうして、私はシルワ国へ嫁ぐことを決めたのだった。

▲▲　△△　▲▲

精霊が司るこの世界には、人族、獣人族、エルフなど複数の種族が住んでいる。その中で最も多くの人族が住んでいるのが、ここトゥグル帝国。大陸の南東部に位置した大国だ。時々、周辺国との諍《いさか》いなども起こったりするが、優秀な騎士団のおかげもあってか、大きな被害もなく、ここ数十年の国政は安定している。

私、リリアナは、そのトゥグル帝国のベルモント子爵家長女として生まれ、現在十八歳になる。母は妹を産んですぐに亡くなってしまったので、子爵である父と二つ上の兄、四つ下の妹の四人家族だ。

我が子爵家の特徴を一言で表すとしたら、ずばり貧乏。昔、父が事業に失敗し、一気に貧乏貴族となった。父は私たちへの申し訳なさから必死に堅実な領地運営をするようにはなったが、経済状況はさほど変わらなかった。将来この僅《わず》かな地を受け継ぐ兄は、貴族学園を卒業した後、現在は給料の良い外交官となり、家にお金を入れてくれている。妹は生まれた時から身体が弱く、十四歳になる今もベッドから離れることができない生活が続いている。だが、母によく似た明るく可愛らしい彼女はこの家の中心で、家族の愛情を一身に受けている。

一方で、姉の私は紫の瞳こそ大きいものの猫のように目尻が吊り上がり、身長も高く、可愛いと言われる要素は全くない。頼れる姉としての私の役割は、料理洗濯掃除などの家事はもちろん、妹の世話から家庭菜園まで。うちには年老いた侍女が一人しかいないため、私がやらなくては家が回らないからだ。家族のため、妹のため、なりふり構ってなんていられなかった。

しかし、私が貴族の子息子女が集まる貴族学園に入学したことで状況は一変した。私は、王太子であるブルーズに見染められたのだ。

最初は、田舎から出てきたほかとは違う毛色の私がただ物珍しくて揶揄《からか》っているだけだろうと思っていた。しかし、私がどんなに冷たくあしらってもブルーズはめげることなく、私へのアプローチを繰り返した。「美しい」「好きだ」と毎日のように私の隣で囁《ささや》き、片時も離れようとはしなかった。

今思えば、私は他人からの愛情に飢えていたのだろう……そういった言葉は全て妹に贈られるものだったから。そんな中、浴びるように愛の言葉を贈られて、私は彼が本当に私を愛しているのだと勘違いをした。

貴族学園には普通二年間通うのだが、私はブルーズの要請に従って一年で学園を退学し、一年後の婚約発表に向けて、王宮で王太子妃教育に明け暮れることになった。

学園に通えなくなったのは残念だったが、講師らに子爵令嬢はなってないと何度馬鹿にされても、ブルーズのためならばと頑張った。

……が、その結果は魔族の国シルワへの輿入れだったわけで。

シルワ国はこの世界で最も人口の少ない種族である魔族が治める国である。真偽は不明だが、その昔畏れ多くも精霊王を害したことで、精霊王の加護を失った土地の貧しい国だ。そのため、精霊が守り神とされているこの世界では、魔族と交流を持とうとする国はおらず、トゥグル帝国が唯一の貿易国であり、同盟国である。

彼ら魔族は、その祖先と頭に残る角からして魔族と呼ばれているが、特別な力などないらしい。角がある以外は人間とほぼ同じだが、本能が強く、人よりも動物に近い種族だと講義では習った。どちらにせよ、帝国が潰そうと思えばすぐにひねりつぶせる存在であることと、同盟国といってもほぼ隷属国のような扱いをしていることだけわかった。

ただ同盟の規約に沿って二十年に一度、帝国から貴族子女を魔族の王族へ嫁がせることにはなっている。そして、奇しくも今年がその二十年の節目だったのだ。

「いくら私が邪魔だからって、シルワに送るなんて信じられないわ！　あー、もう!!　道ぐらい舗装しておきなさいよね!!」

私は国境に向かう馬車の中で叫んでいた。朝からずっと馬車に揺られて、お尻が痛いせいもあり、私は怒りを蒸し返していた。

「大体何のために私が一年間も王太子妃教育を受けてきたと思ってんの!?　私が講師に罵倒されながらも必死に勉強してる時に、ほかの女とイチャついてたなんて、信じられない!!」

「リリ。そんなこと言っていいの？　不敬罪で捕まるわよ？」

「はっ！　上等よ！　そしたら、広間の斬首台であることないこと、国民の前で叫んでやるわ！　あいつの名誉を地に落としてやるんだから!!」

アイナは向かい側の席で横になっていたが、ピュンと跳ね上がると私の頭の上に飛び乗った。そして、私の頭をペシペシと叩きながら、鈴が鳴るような声で話す。

「そんな元気があるなら大丈夫ね。だいたい私は最初から反対してたじゃない。なのに、あなたがあの浮気男に絆《ほだ》されたりするからいけないのよ。私、言ったわよね？　王族の男が一人を愛することなんてできないって。あいつらはタネを撒くことが仕事なのよ」

まったく……姿も声も可愛いのに話すことが下品なんだから。

この世界には精霊の遣いとされる妖精がいる。精霊の力の一部を与えられた尊い存在だが、その姿を見た者はほとんどいない。稀《まれ》に気に入った者だけに姿を見せることがあるが、その真偽は定かではない……そう本には書いてあった。とはいえ、私の友達は隠れることなく、出会ってからずっと私から見えるところにいるが。

アイナは、体長が十センチほどという可愛らしいサイズで、その背中には小さな翼が付いている。ピンク色の髪を二つのお団子にまとめ、長いまつ毛の下にピンク色の瞳を持った砂糖菓子のような風貌だが、その小さな口から発せられる言葉は微塵も甘くない。

彼女との出会いは私が七歳の時。裏庭にかぼちゃの種を植えようと土を掘り返していたら、その中にいたのだ。彼女は私と会った時、かなり弱っていたため、咄嗟に姿を消すことができなかったらしい。私は慌てて傷ついた彼女を自分の部屋に連れて帰り、元気になるまでお世話をした。

しかし、元気になってからも彼女はそのまま私の側に居座った。アイナは記憶喪失で、帰る場所がなかったのだ。

彼女の話によると、妖精は自分の住まう土地が決まっていて、そこであれば本来の力を発揮できるらしいのだが、彼女は自分がどこから来たのか覚えていなかった。気付くとどこかに閉じ込められていて、そこから必死に逃げ出してきたのだという。しかし、妖精は縄張り意識が強いので、このあたりの妖精に彼女は虐められ傷つき、上手く力を使うこともできず、土の中に隠れていたのだということだった。それ以来、彼女はずっと私と一緒だ。

皆が妹のニーナばかりを気にかけ、私が誰にも相手にされない時も彼女だけは私のそばにいてくれた。

そんな彼女は、私より自分の方が年上だと思っているらしく、常にお姉さんぶって、何かあるとすぐに余計な口出しをしてくる。無論、ブルーズからのアプローチについても、的確にアドバイスと警告をしてくれていた。だけど、その意見を押し切って、あのバカ王子の婚約者候補となることを決めたのは私だった。

「王太子にあんなに熱心に口説かれたら、誰だって了承するしかないわよ。国随一の権力者なのよ？　金持ちなのよ？　あの状況で断われる令嬢がいたら、顔を見てみたいもんだわ」

「リリなら断れたと思うけど。別にあいつのこと、最初から好いてなかったじゃない。笑顔が嘘くさいとか言って」

「私も所詮は普通の令嬢だったってことね」

「ふーん。領地に帰れば、鍬《くわ》や鍋を振り回してる令嬢が普通なの？」

「そんなのほかにもいるわよ。でも……まぁ、結果的にはこうなって良かったのかもしれないわ。蓋を開けてみれば、輿入れを承諾した謝礼として皇帝家から実家にはすごい金額が入ってきたわけだし。あれだけのお金があれば、借金の返済もできるし、ニーナもちゃんとした治療を受けられるはずだもの。きっと若くて優秀な侍女も雇えるわ」

「……そうね。でも、大丈夫なの？　魔族が夫になるのよ？」

「別に。見た目も人間にツノつけただけみたいだし、言葉が通じるなら大丈夫よ。一応王太子妃として行くんだし、殺されたりなんかしないでしょ。徐々に味方を増やして、国を豊かにして、いつかは帝国に勝る国にしてみせるわ！」

息を巻いて言う私に、アイナは呆れ顔で告げる。

「すごいやる気ね。周りには人間がいないし、どんな扱いを受けるかもわからないのに」

「なんたって、私は子爵家出身なのに王太子妃になろうとした図太い神経の持ち主なのよ？　それに今は人間の方が信用できないわよ」

「あはは、さすがリリ。心配して損した」

「それに私の親友も人間じゃないし。けど、一番の味方でしょ？」

「私のことだってわかるけど、その言葉、身体が痒くなるからやめて」

「はいはい。でも、本当にアイナがいてくれて良かったわ！　二人でシルワ国を盛り立てていこー!!」

「私は隣にいるだけよ？」

そうため息を吐きながら、私の肩に彼女は降りてきた。面倒そうにしているが、本当は頼りにされて嬉しそうだ。とんがった耳の先がピンク色に染まっている。

「ふふっ、頼りにしてるわ！」

私たちは笑顔を交わして、指と拳を突き合わせた。

馬車は、私とアイナの運命を乗せて、シルワ国へと速度を上げげた。

第一章　お人好しの王太子妃候補

私とアイナを乗せた馬車がキキーッと乱暴に停まる。少しすると、馬車の扉がノックされた。

いよいよこの時が来た。シルワ国の王族が住むという城へ着いたのだ。

私は大きく深呼吸をして、アイナと目を合わせ、頷き合った。

「開けて、ください」

私がそう返事すると、馬車の扉が開かれ、目の前に大きな掌《てのひら》が差し出された。

顔を上げて、その手の持ち主に目を向ける。

高い鼻梁に、形の整った唇、燃えるような赤髪、そして、鋭い目つきの奥にある吸い込まれそうな真っ黒な瞳……

(なんて……綺麗な……)

あまりの美しさに私が見惚れていると、彼は眉間の皺を濃くして、短く言い放った。

「……魔族の手など触りたくもないか」

「え？　そ、そんなことは!!」

私は慌てて手を重ね、馬車を出た。こんな綺麗な男性にエスコートされると思っていなかった私の顔は火照《ほて》る。私の隣を歩く彼は背が高めの私でも見上げてしまうほど高い……足が長いのかな。

ブルーズは背が低かったから、この身長差はなんというか……すごく、嬉しい、かも。それに繋ぐ手がごつごつとして、なんか男らしくて……。気付けば私は彼の手を確認するようにしっかりと握っていた。

するとそれを揶揄《からか》うようにアイナがニヤニヤとして、彼の頭上を飛んでいた。私は彼女をひと睨みすると、彼女はスッと姿を消した。まったく妖精だなんて信じられないような下世話な笑みだった。

私が彼のエスコートに従って進むと、私の前にシルワ国王陛下が歩み出た。陛下の顔は以前絵姿を確認したことがあるので知っている。ということは、今、私をエスコートしてくれたのが、私の夫となる王太子なのだろう。

彼は陛下の前まで来ると、あっさりと手を離し、不機嫌そうに陛下の隣に立った。あからさまに歓迎されていないその態度に寂しい気持ちがないわけでもないが、もう恋愛に振り回されるなんてこりごり。生きるために彼と結婚する、それだけだ。

その時、初めて彼の頭に黒いツノが二本生えていることに気付く。頭の先からちょこんと出た角の先は丸みを帯びていた。禍々《まがまが》しさは一切感じられず、むしろ獣人族の耳のようで可愛らしい。

(見た目はほぼ人間と同じだし、対応もしっかりしてる……。帝国で教えられたシルワ国についての内容は、ほとんど参考にならなそうね)

陛下が柔和な笑みを浮かべ、一歩前に歩み出た。線の細い優しそうな方だ。陛下の頭の上にも黒く輝く角が二本あった。

「リリアナ・ベルモント嬢。ようこそ、我がシルワ国へ」

私は国王陛下の対応が思ったよりも優しいことに安心して、礼を執る。

「陛下、どうぞリリアナとお呼びください。今後はシルワ国の王太子妃として、国の発展に寄与できるよう尽力する所存ですので、どうぞよろしくお願いいたします」

そう私が告げると、それを馬鹿にしたように鼻で笑う声がした。

私がそちらに視線を向けると、陛下は慌てたように隣の彼を窘《たしな》めた。

「ゼノ」

しかし、陛下の注意をものともせず、彼は私にどこか軽蔑したような視線を向ける。

「人間がこの国の発展を願うなんてありえない。今までこの国に嫁いできて、我が国のために尽くした妃などいなかった。俺たちを馬鹿にするのもいい加減にしろ。俺は、お前を認めるつもりなどない」

酷く冷たい声でそう言い放ち、彼は私を睨みつける。

そう言われても、特に傷つきはしなかった。隷属国のような酷い扱いを受けているのだ。彼が帝国民であった私を信じられないのも想定済みだ。

しかし、私に帰るところはない。私と彼の関係がどうであれ、ここで生きていくしかないのだ。ただ王太子であり、今年が二十年の節目である以上、帝国から一人は娶《めと》らなければいけないことは以前からわかっていたはずだ。なのに、この態度……

彼は帝国も、そこの人間もよく思っていないのだろう。血の気が多くて、帝国を嫌いなくらいが私にとっては都合が良い。愛し愛されるパートナーとはなれなくても、帝国に反抗するパートナーとなれたら嬉しい。

「認めていただけるよう、頑張りますわね」

私がそう微笑みながら小首を傾げると、彼は顔をカァッと赤くした。おちょくられたとでも思ったのだろうか？

彼はその顔を隠すように踵を返し、一人、その場を去るようだ。陛下が呼び止めたが、彼はこちらを見ることもなく、呟いた。

「エスコートをするという約束は守りました。その人間のせいで気分が悪くなったので、俺は部屋に戻ります」

結局、そのまま彼は去った。陛下は頭が痛いようで眉間を揉んでいる。

……確かにあの息子じゃ頭も痛くなりそう。私より四歳も上だと聞いていたが、まだまだ反抗期真っ只中という感じだ。

「申し訳ない……。先ほどのは私の息子で、王太子のゼノだ。まだゼノは、この結婚に納得していなくて……近いうちに説得をするので、どうか時間をいただきたい」

陛下がそう言って頭を下げる。

普通、一国の主がこうも簡単に頭を下げるべきじゃないと思うが、トゥグルとシルワの関係性からすると仕方のないような気もする。

しかし、私も今日からシルワの国民なのだ。この態度を受け入れるわけにはいかない。

「陛下、どうぞ頭を上げてくださいまし。私は陛下の国民です。陛下のご指示であれば、王太子殿下が納得されるまで私はお待ちします。それまでは婚約者という肩書で構いません」

「わかった。では、ぜひそうしてほしい。まったく……仮にもゼノはリリアナ嬢より年上だというのにまだ子供で恥ずかしいよ」

「とんでもありませんわ。男性は少し尖ってる方がかっこいいと思いますわ」

「ははっ！　面白いお嬢さんだ。ありがとう。今回の花嫁は話が通じる方のようで嬉しいよ」

陛下は私の手を縋るように握り、笑みを浮かべた。

▲▲　△△　▲▲

シルワ国に来てから、五日が経った。私は思ったよりも早く新しい環境に慣れた。

今の時期、シルワは帝国より寒かったが、元々実家で薪を節約するために寒さに耐えていた私には十分耐えられるほどだった。食事は薄味で質素であったが、元々野菜クズのスープを飲んでいた私からすれば、それさえも豪華に感じられたし、数は少なくても揃えられたドレスはどれも質が良かった。自分のことは自分でできるのに、世話役として複数人も専属侍女を与えられそうになり、専属は一人でいいと減らしてもらったくらいだ。貧しい国ながらも必死に私の身の回りを揃えてくれたのが、よくわかった。

ただ居心地は悪かった。王太子殿下の婚約者という肩書のせいか、はたまた私が人間だからなのか、とにかく周囲が腫れ物扱いするかのように私に対応するからだ。

皆、私が話しかけただけでビクビクするし、空気がひりつくのがわかる。私の姿を少しでも見かけると皆方向を変えて、散らばっていく。

意地悪をされているわけではないが、皆は私と関わることを恐れているようなのだ。その理由は私の顔つきがキツいから……だけではないと思う。


ほとんど寝る準備も終えて、机に向かって、日記をつける。目の前には、机の上ではしたなく寝転びながら、夜食の林檎《りんご》を頬張るアイナがいた。

この妖精、シルワ国に来てから、やたらとよく食べるようになったわね……

「アイナ、何かわかった？」

「まったく。精霊の遣いである妖精に盗み聞きみたいな真似させて、バチが当たるわよ」

アイナは指についた林檎《りんご》の汁をチュパっと舐めた。気品に欠けるその行為……精霊の遣いだなんてよく言えたものだ。

「はいはい、ありがとうございます、精霊の遣いのアイナ様。で、なんで私がこんなに恐れられてるかわかったの？　顔？　このキツい目つきのせい？」

「違うわよ。どうやら過去に嫁いできた人間のせいみたい」

「あー、やっぱり？」

「今までシルワに嫁いだ人間は、どの令嬢も酷かったらしいの。食事がまずい、ドレスや装飾品が少ないとか文句ばかりで……とにかく横暴に振る舞う人が多かったみたい。中には失礼なことをした侍女を帝国の権力を盾に処刑しろって騒いだ人もいたみたいよ。でも、それだけならマシなもんで、ここで生きていく現実を受け止めきれなくて……放火したり、壊れちゃった人もいるみたい」

私はグッと唇を噛みしめた。確かに帝国で育ってきた生粋の貴族令嬢がここで暮らすのは辛いかもしれない。過去にシルワに来た令嬢のリストを確認したら、どの女性も高位貴族だった。シルワは寒いし、食事も帝国と比べたら粗末だし、物資も不足していて環境が良いとは言えない。

そんな中に生贄のように放り込まれて、今まで嫁いできた彼女たちは絶望したのだろう。だからといって、この国の人々を傷つけて良い理由になんてならない。

ムシャムシャと林檎《りんご》を食べるのをやめないアイナに私は問う。

「私がまともに振る舞えば、周囲の人たちも警戒を解いてくれるかしら？」

「まぁ、きっと、いつかはね。基本的に関わりたくないと思ってるみたいだから、かなり時間がかかるとは思うけど」

「あー、もう！　まどろっこしいわ！」

私が頭を抱えて机に突っ伏しても、アイナは慰めてもくれない。それどころかチッチッチッと指を左右に振って、偉そうだ。

「人間関係の構築というものは、そう簡単にできるものじゃないのよ、リリ？」

「はぁ……わかってるわよ。でも、あんなにビクビクされたんじゃ何かをお願いするのも気が引けるの！　彼女たちに私がどれだけ気を遣っていることか……これなら、まだ敵意を剥き出しにされた方が遠慮なくやれるから楽なのに」

「リリは、相手がやってくれれば、打ち負かしてきたものね」

「時間をかけるしかないのかしら……」

私は目を閉じて、専属侍女のベルナの顔を思い浮かべていた。

ベルナは、私の唯一の専属侍女で、白い小さなツノに可愛らしいおさげと眼鏡がトレードマークだ。侍女になって日が浅いらしいのだが、専属侍女を決める時に彼女だけが立候補をしてくれた。侍女長は経験が少ないからと反対していたが、私が彼女でいいと言った。どんな理由か知らないが、やりたいと立候補してくれたのが嬉しかった。

しかし、彼女は人一倍、私に怯えていた。少し紅茶が薄いと指摘すれば目に涙を溜めて土下座をしようと膝をついたし、私に物を渡す時は緊張で手が震えるほどだった。

アイナなんてベルナがビクビクする様が捕食された子うさぎのようだと、彼女をうさぎちゃんと呼んでいた。

その時、扉がノックされた。

「姫様、よろしいでしょうか?」

ベルナだ。彼女は寝る前によく眠れるようにと温かい飲み物を用意してくれる。

私は林檎《りんご》を持ったアイナが姿を消したことを確認して、返事をした。

「ええ、入って」

ベルナがそっと入室し、扉を閉める。私はノートを閉じて、彼女に向き直った。

「いつもありがとう。すっかりあなたの淹れてくれたお茶を飲んで寝るのが習慣になったわ」

彼女は緊張したように顔を赤くして、背筋を伸ばした……が、いつもとなんだか雰囲気が違う。なんというか、痩せ我慢しているような……

「き、気に入っていただけたのであれば、光栄です！　あの……今日は、こ……これで失礼いたします」

「え、えぇ……」

いつもなら何か困ったことがなかったか、今日のように図書館に行った日なら気に入った本はあったか、などと少しは会話をしてくれるのに、今日は足早に帰ろうとする。

しかし、ベルナがドアノブに手を掛けた、その時——

足からフッと力が抜けたように、その場で彼女は倒れた。

「ベルナっ!!」

私は彼女に駆け寄る。数回呼びかけてみるものの反応はない。先ほども顔が赤いとは思っていたが、額を触ってみるとすごい熱だ。

「大変……っ！」

私は急いで彼女を私のベッドに運び、寝かせた。服を緩め、楽にしてあげて額に濡れたタオルを乗せる。水差しを口に運ぶと、彼女はコクンと喉を鳴らした。

「水は飲めるみたいね。なら……」

私はゴソゴソと帝国から持ってきた僅《わず》かな荷物の中を漁った。アイナが呆れたように私の肩でため息を吐いた。

「どこに侍女の世話をする王太子妃がいるのよ」

「ははっ。やっぱり世話されるのは性《しょう》に合わないってことね」

それに具合が悪い彼女を見てると、妹のニーナを思い出してしまう。放ってなんておけるはずない。

「あった！」

私が手にしたのは、熱冷ましの乾燥薬草だ。ニーナがいつ熱を出すのかわからないので、常に鞄《かばん》に入れておくようにしていた。それがこのシルワで役に立つとは思わなかったけれど……

「ふふっ。本当お人好しだわね、それでこそリリだけど」

なぜかアイナは嬉しそうだ。

私は薬草をすり潰して、飲みやすいようにする。水と共にベルナの口に流し込めば、彼女は少し渋い顔をしたが、最終的には飲み込んでくれた。

「効いてくれるといいんだけど……」

私はその夜、ベルナの看病をしながら、ベッドの傍らで夢の世界に落ちていったのだった。

▲▲　△△　▲▲

「な、なんでこんなことに……。本当にどうしよう……っ。これって不敬罪にあたるのかしら……。

あぁ！　ごめんなさい……お兄ちゃん、先立つ不幸を――」

今にも泣き出しそうなおどおどした声で目が覚める。気付けば、私はベッド脇で寝ていたようだ。

顔を上げれば、ベルナが頭を抱えて、目に涙を溜めている。良かった……顔色もいいし、いつも通りみたい。

私が起きているのにも気付かないで、まだ不敬罪だとか、終わりだとか何かぶつぶつ言ってる。

私がここへ運んだんだから、不敬罪になるはずないのに。大体私はまだ王太子妃でもないし。面白い子だ。

フフッと私の笑い声が漏れたところで、ベルナが私が起きていることに気付く。

「はわわっ！　リリアナ様っ!!」

「おはよう、ベルナ。元気になったようで何よりだわ」

「……リ、リリアナさまぁ……」

ベルナは涙ぐみながら、胸の前で手を組み固まってしまった。キラキラと輝く瞳で私を見つめるその眼差しを向けられると、どうも気恥ずかしい。

まぁ、でも、以前のような私に対する恐怖がなくなったなら、良かった。私は昨日の成り行きを一応話しておこうかと口を開く。

「あの、昨日ベルナは――」

「ベルナっ!!」

急に部屋の扉が開いたと思ったら、がたいの良い騎士服を着た男がベルナの名を大声で叫んで、部屋に入ってきた。肩で息をしている様子からして、相当急いで来たらしい。

その人はベッドに座るベルナを見つけると、一目散に駆け寄った。その目に私など全く入ってないようで、私は彼に弾き飛ばされないようスッとベッドから離れた。

「ベルナ!! 本当に無事で良かった……。人間に監禁されていると聞いて、兄ちゃんがどれだけお前を心配したか！ 人間の侍女になるのを阻止しなかったことを心の底から後悔した。でも、良かった……ベッドでゆっくり寝かせてもらってるってことは、その人間は捕まったんだな⁉ あぁ、お前が無事で――」

「お兄ちゃんっ‼」

ベルナは顔を真っ赤にして、頭からフシューフシューと湯気を出している。

また今にも熱で倒れそうだ。

「……べ、ベルナ？」

お兄ちゃんと呼ばれた彼は、戸惑いを隠せないようだ。

「リリアナ様に失礼なこと言わないで！ リリアナ様は昨日倒れてしまった私を看病してくださっていたのよ⁉ しかも、自分のベッドまで貸してくださって！ 大体、リリアナ様を人間だなんて呼ばないでよっ、リリアナ様は女神のようなお方なの！ 私の恩人であるリリアナ様に失礼なこと言うお兄ちゃんなんて……大っ嫌い‼」

そう言い放ったベルナは、「大嫌い」の一言と共に、特大のビンタをお兄さんにお見舞いした。

な、なにもそこまでしなくても……と思うが、身内の喧嘩に立ち入る勇気なんてない。アイナはなんだか楽しそうに私の肩の上でニヤニヤと見学している。この迫力に私はビビっているというのに、なかなかの度胸だ。

「だいきらい…………ベルナが……俺を……」

お兄さんは痛そうなベルナのビンタよりも大嫌いと言われたことが余程ショックだったようで、放心状態だ。しかし、ベルナはまだ怒りが収まらない。

「お兄ちゃんは何にもわかってない！　リリアナ様はそんな人じゃないって手紙にも書いたのに、私の話を信じないで、馬鹿な話を信じるなんて!!」

「でっ、でも、現ににんげ……リリアナ様はここにいないだろ？　ということは、お前を監禁した罪で捕まって――」

「リリアナ様はそちらにいらっしゃるじゃない」

呆れたようにそう吐くベルナ。なかなか身内には厳しいらしい。

そして、ギギギと音を立てそうな動きで彼の顔がこちらに向けられる。真っ青な顔に残るビンタの痕が痛々しい。

「…………あなたがリリアナ、様？」

「あー、はい。そうですけど……とりあえず大丈夫です？　頬」

苦笑いしながらそう告げると、なぜかお兄さんの顔はブワッと赤く染まった。

「だだだ大丈夫ですっ!!」

そう言った彼の鼻からはツーッと鼻血が流れる。

「血！　鼻血出てますっ!!」

結局、その後私たちは鼻血の処理やら看病の片付けやらをした。ベルナはともかく、私はお兄さんの前で、寝巻きのままいるわけにはいかなかったので、着替えたかったし。

「「この度は大変ご迷惑をおかけしました」」

私の前ではブレン兄妹が揃って頭を深々と下げていた。

全てが落ち着いてから、ベルナを看病することになった経緯を話したところ、二人は深く深く頭を下げた。なんとか顔を上げてもらって、微笑みかけると、兄は顔を赤く染め、妹は恍惚の表情でこちらを見つめた。

……なんか大丈夫かな？　この兄妹。

二人は反応が大袈裟なところだけじゃなく、顔もよく似ていた。クリクリとした茶色い瞳、少し癖の強い紺色の髪、可愛らしい白い小さなツノまで。

ベルナのお兄さんはイズ・ブレンという名で、その見た目通り騎士らしい。私が嫁いできた時はちょうど遠征中で、今朝方、帰ってきたばかりだとのこと。そして、妹であるベルナの顔を見に行った。

しかし、ベルナの姿はどこを捜しても見つからず、他の侍女に話を聞いた。そこで彼はベルナが私の専属侍女になったことを初めて知った。同時に、昨晩私の部屋に行ったきり戻ってきていないこと、監禁されて酷い目に遭っているだろうということ、いつも私の部屋に行く時、ベルナはビクビクしていたことを聞いたそうだ。そして、愛する妹を想うと居ても立っても居られず、私の部屋に突入したというわけだった。

「まったく、お兄ちゃんは考えなしなんだから！　みんなリリアナ様のことを知らないから、あることないこと言ってるのよ！　それに私はリリアナ様に会う時、失敗しないか緊張していただけで恐れていたわけじゃないんだからね」

……私の目から見てもビクビクして恐れているように見えたけど、あれも緊張していただけだったの？

ベルナは回復してから人が変わったようによく話すようになった。お兄さんが隣にいるから、というのもあるのだろう。一方で兄のイズは、険しい顔をして、拳を握りしめている。

「本当に申し訳ありませんでした。不敬罪で処罰されても仕方のないことです……」

「もう……ベルナだけじゃなくあなたまで……。私はまだ王太子妃になったわけじゃないし、不敬罪なんかに当たらないわよ。それに妹想いのいいお兄さんじゃない。一晩、妹が帰ってこないと聞いたら心配してしまうのも無理ないわ」

「リリアナ様は、お美しい上になんてお優しいのでしょう……！」

痒くなるから、ベルナ、そのうっとりとした表情で見つめないで。

「ベルナの言う通りです。リリアナ様は寛大で、その上……か、可愛らしくて。まるで……妖精のようです」

褒めてくれているのはわかるけど、妖精の本性を知ってるが故に褒められている気がしない……。

二人には見えていない私の親友がゲラゲラと机の上を転がって笑っている。

「二人とも大袈裟よ。誰だって目の前で人が倒れたら看病するでしょ？　それに、私にも妹がいてね……。身体が弱い子で、私が看病してたのもあって、人のお世話をするのは慣れているの。よく熱を出す子だったから、私はいつも熱冷ましの薬草を持ち歩くようになったわ。それが癖でまだ鞄《かばん》に入ってて。それが今回役に立ったの、本当に良かったわ」

「薬草……ですか？」

「あら？　こちらでは使わないのかしら？　魔族と人間の身体の構造はほとんど変わらないと聞いていたから、使ってしまったんだけど、まずかったかしら……。えっと、ちょっと待ってね……」

私は残りの薬草を鞄《かばん》から取り出して、二人の目の前に持ってきた。

「この薬草。キキユラって植物なんだけど――……って、どうしたの？」

気付くと、二人は目を見開き、固まっている。

「リ、リリアナ様……この薬草を私に？」

「えぇ、そうよ。一般的なものだし、問題ないかと思って。……も、もしかして、身体には合わないものだった？」

「…………そんなことはありません。それどころか……」

「それどころか？」

「魔族にとって、このキキユラは万能薬に等しいのです」

二人が深刻そうな顔をするから、大変なものを飲ませてしまったかと思ったが、万能薬と聞いて私はホッと胸を撫で下ろした。

「良かった。薬ってことは問題があるわけじゃないのね？　でも、ちゃんと確認せずに飲ませてしまって、ごめんなさい。これからは気を付けるわね」

「いえ、こちらこそ、こんなに貴重なものを……申し訳ございませんでした。この恩は一生働いて返してまいります」

「貴重？」

おかしな話だ。キキユラは確かに栽培が難しいものの、それほど高値で取引されるものではない。帝国には専門農場だってあるし、コツさえ覚えれば一般家庭でも育てることができる。私の実家では妹がキキユラを必要とすることが多かったので、家で使う用に育てていたくらいだ。

その時、私の疑問に答えるようにイズが口を開いた。

「帝国ではキキユラの価値がどのくらいか存じませんが、シルワ国においてキキユラは高値で取引されている貴重な薬です。国内での栽培はできず、帝国からの輸入に頼っています。まず一般家庭では手に入れることはできませんし、帝国から入るのも年に一回程度です。……帝国では普通に取引されているのも、今日初めて知りました……」

私は手元のキキユラを見た。こんな普通の薬草を高値で、しかも年に一度しか輸出しない。嗜好品ならともかく、薬になるものをここまで出し渋るなんて、シルワ国への嫌がらせとしか思えない。ある程度は外交だから仕方ないとはいえ、ケチすぎやしないかと帝国にふつと怒りが湧く。

「教えてくれてありがとう。この薬草については私も育てた経験があるし、何か力になれることがないか、陛下たちに話してみることにするわ」

「私からもゼノ殿下にそれとなく話しておきますので」

「イズから？」

「はい。実はゼノ殿下とは幼馴染でして。殿下は疑り深い性格故、リリアナ様からの説明だけだと話を聞こうともしなそうなので……申し訳ありません」

「なぜイズが謝るのよ。問題はゼノ殿下でしょ？　って、これこそ不敬罪ね」

私が少し困った顔をしてイズに言うと、彼は笑った。

「ふふっ、私の前では構いません。臣下ではなく、殿下の幼馴染として聞いておきます。これからも困ったことがあれば、何でもご相談ください」

「そうですよ、リリアナ様！　どんどんこき使ってください！」

「……ありがとう」

そう言って笑いかけてくれる二人を見て、グッと胸が熱くなる。シルワ国に来てから、初めてこの国での味方ができたような気がした。

▲▲　△△　▲▲

それから十日後、私はようやく陛下と王太子殿下と話をするタイミングを作ってもらうことができた。二人の晩餐に招待されたのだ。

普段は二人とも忙しいらしく、私は一人で食事を摂ることが多いため（私に会わないようにする口実かもしれないが）、今日は初めての三人揃っての晩餐となる。

「アイナ、行くわよー」

私はいつでもどこでも私についてくる小さな親友に声を掛けた。しかし、アイナは私の呼びかけに意外な返事をした。

「ごめん、今日は部屋で休んでていい？　最近やけに眠くて……」

アイナは大あくびをした。最近アイナはよくご飯を食べ、よく寝ている。太ったというわけではないが、心なしか身体が大きくなった気もする。私はアイナしか妖精を見たことがないので、彼女らの平均サイズはわからないのだが、成長期なのだろうか。顔色が悪いわけでもないし、私は少しばかりの心細さを感じたものの、アイナを休ませることにした。

「もちろん、構わないわ。私についてきて環境や気候の変化もあったろうし、疲れてしまったのかもね。今日はゆっくり休んで」

「ありがとー。あ、今日の話はあとで聞かせてよね。あと、私がいないからって羽目を外さないようにね」

「羽目を外すって、そんな場所も相手もいないわよ」

「いるじゃない、イケメン婚約者様が」

「敵対心むき出しの、ね」

「……それもそうね。リリって男運ないのかしら……」

「言わないで、私も気にしてるんだから」

「リリの側じゃ、ドキドキのラブロマンスは期待できそうにないわね～」

そんな話をしながら、私はアイナを残して自分の部屋を後にした。


「本日はお忙しい中、お時間を取ってくださり、ありがとうございます」

私がそう言って頭を下げると、陛下は柔らかく笑ってくださった。

隣のゼノ殿下はにこりともしないが。

「いやいや、こちらこそろくにおもてなしもできず申し訳ない。今日はゆっくり皆で食事を楽しもう」

晩餐はほとんど私と陛下の会話によって進んでいった。他愛もない会話だったが、久しぶりに誰かと一緒に食べる食事は美味しかった。陛下も機嫌が良く楽しそうにしている。案の定、ゼノ殿下は一言も話さないが。

「朝晩は同じ食卓を囲みたいと思っているんだが、そう上手く時間も取れなくてな、了承いただきたい。こちらでの生活はどうかね？　何か不便は？」

陛下がこちらでの生活ぶりを気にかけてくださる。帝国に対して思うことも多いだろうに、私にはこうやって優しく話しかけてくださる……本当に器が大きく、お優しい方だ。

「とても良くしていただいています。美味しい食事に、質の良いドレス……侍女の皆様もよくお世話してくださいますわ」

ベルナ以外にはいまだに恐れられていますが、とは言わないでおく。

しかし、私の言葉にゼノ殿下が噛みつく。

「あんな粗末な食事とドレスを見て、良くしていただいているなんて、よくそんな嘘がつけたもんだな。どうせお前も今までの人間と同じように、俺たちのことを見下しているんだろうが」

「ゼノ、いい加減にしないかっ!! ……くっ、ゴホゴホ」

「陛下!?」

陛下が突然大きく咳込んだので、慌てて席を立ち、私は陛下に駆け寄る。

「父上に触るなっ!」

私はゼノ殿下の制止も聞かず、陛下のお側でその背中をさすった。背中を撫でると、ごつごつとした骨が手に感じられる。……一国の主がこんなにやせ細っているなんて……何かのご病気かしら。

「はぁ……。ありがとう、もう大丈夫だ。はは……驚かせてすまないな。最近は身体が弱ってきて困るの」

「どうかご無理をなさらないでください」

「ありがとう。そなたは優しい子じゃな」

「ちっ、父上、こんな奴に騙されては――」

「ゼノ、黙れ。そなたは私の言葉を繰り返し否定して、私に恥をかかせたいのか」

「……そういうわけでは……。申し訳ございません」

私を射殺そうかとばかりに睨みつけていた彼は、しゅんと下を向いた。

「すまないな、リリアナ。こんな馬鹿息子で。王太子の役割を理解できてないわけではなかろうに。まったく……情けないことじゃ」

先日から陛下は私に対して謝ってばかりだ。会うたびに「ゼノがすまんな……」と弱々しく笑うのだ。色々と心労をお掛けしている上に、息子のことで悩ませるなんて、これじゃいけない。

私は意を決して立ち上がり、ゼノ殿下の前に立った。

私の予想外の行動に彼は戸惑っているようだったが、怪訝そうにこちらを見つめる。

「……何か、文句でもあるのか？」

「はい、あります。殿下はいい年して、こんなに陛下にご迷惑をお掛けして、恥ずかしくないのですか？　その反抗的な態度が陛下を悩ませていることに気付いていないんですか？」

「……んなっ。もしそうだとしてもお前に言われる筋合いはないっ！」

「いいえ、私はいずれ殿下の妻になります。十分に口を出す権利はあります。こちらに嫁ぐ以上、陛下は私の親です。親の心配をするのは当たり前です」

「心配だなんて、そんな薄っぺらい嘘――」

「それが嘘かどうかなんて、殿下にわかるんですかっ⁉　殿下は私が人間であること以外、何を知っているんですか⁉」

「……そ、それは……」

「帝国の人間だから憎いのはわかります。しかし、人間だからといって全員が悪党になるんですか？　……それは、魔族だから恐ろしいと決めつけている帝国の人間とやっていることが変わらないじゃないですか！」

殿下は押し黙ってしまった。

「私はシルワに来て、実際に皆さんと話して、人間と魔族はそう大きく変わらないと思いました。確かに帝国の権力者は腐っています。今までこちらに来た人間の振る舞いも酷かったかもしれない。でも、それによって私自身の価値を決めないでほしいんです。私はこの国を帝国以上の国にしたい」

二人は唖然としてこちらを見ている。私はポケットから薬草を取り出した。

「今日、お二人と話す機会をいただいたのも、この薬草の話をするためです」

「それはキキユラ……」

「そうです。先日、私の専属侍女が倒れた時、私は自分の鞄《かばん》に入れてあったこれを彼女に飲ませました。そこで人間には熱冷ましの効果くらいしかないこの薬草が、魔族では万能薬として使われていると知りました。そして、私はこの薬草を育てたことがあるのです。苗さえ輸入していただければ、私のノウハウでこの薬草が国内で栽培できるように——」

「無理、じゃ」

「え？」

陛下の大きなため息が聞こえて、私は思わず振り返った。

陛下は厳しい表情をしながら言った。

「無理、なんじゃよ。この土地では、ほとんどの植物が育たないのだ。大地の精霊王の加護を失ってしまったからの」

「大地の、精霊王？」

「そう。昔、この大陸には四つの精霊王が住んでおった。風、火、水、そして大地。それぞれの精霊王は生き物にその加護を与え、国を作った。風の精霊はエルフに、火の精霊は獣人に、水の精霊は人間に、大地の精霊は魔族に。大地の精霊の加護を失うまで、この国は最も作物が育つ土地じゃった。しかし、ある日突然シルワ国は大地の精霊王の加護を失った。今、植物を育てられるのは限られたひと区域だけじゃ。……それ以外は帝国からの輸入に頼るほかないのじゃよ」

「そんな……」

「食は命……帝国との関係性を断ち切るというのは、私たちの命綱を切るということじゃ。……リリアナ、申し訳ないが、シルワを帝国以上の国にするのはどうやっても無理なんじゃよ」

「そう、なんですか？」

納得なんてしたくなかった。私は不敬にも陛下に異議を唱えた。

「え？」

「本当にそうなんですか？　どうやっても無理なんですか？　シルワが帝国より勝っているところもあるはずだし、他の国と同盟を結ぶことだって――」

「無理じゃ。エルフも、獣人も、精霊至上主義じゃからな……精霊王の加護を失った我々は精霊王に生きることを許されなかった者と認識されておる。我々を助けるのは精霊王の意思に反することだと思っておるのだろう」

「……そんなことって……」

精霊王の加護の何がそんなに重要なのか。精霊の加護がなくたって確かにそこには人がいるわけで、その人たちに死ねとでも言うつもりか。私は強く奥歯を噛んだ。

「リリアナ、シルワのことを考えてくれてありがとう。確かにそなたは今まで来た人間とは全く違うようじゃ。帝国以上の、という夢は叶えてあげられないだろうが、どうか一緒にこの国をより良い方向へと導いてもらいたい」

「……もちろんです。私にできることがあれば、何でもいたします」

「それは頼もしいな。さて、申し訳ないが、今日はここでお開きにしても良いか？　身体の具合が少し、な」

そう言うと、陛下が立ち上がろうとする。それを支えようとしたが、私より早くゼノ殿下が駆け寄った。

「父上、どうかご無理は」

「ははっ。それがわかっているなら、早く私を安心させい。この馬鹿息子が」

口ではそう言うが、そう話す陛下の顔は少し呆れたような笑みを浮かべ、愛情に溢れていた。その顔だけでどれだけゼノ殿下のことを大切に思っているかがわかる。

……彼は愛情をたくさん受けて育ったんだろうな。

二人が寄り添う姿を見て、私はいつもニーナの方ばかり見つめていた父の背中を思い出していた。

あの後、陛下とゼノ殿下は部屋に帰っていった。帰り際に私が持っていた薬草を全て渡し、陛下に使ってくださいと言うと、陛下は笑顔でそれを受け取ってくださった。あのゼノ殿下でさえ私に「ありがとう」と言った。それだけキキユラは高価で特別なものなのだろう。キキユラは魔族にとっての万能薬というけれど、どのくらい効くのだろうか。陛下の病状が良くなるといいな……

私はそんなことを思いながら、晩餐会場で一人、お茶をすすっていた。使用人は外に出ているため、この広い部屋には私一人だ。

「さて、私一人長居しても迷惑だろうし、そろそろ部屋に帰ろうかな」

そう立ち上がろうとした時、会場の扉が開いた。

「……ゼノ、殿下？」

驚いたことにゼノ殿下が晩餐会場に戻ってきた。彼は、私の真向かいにどかっと座った。

意味がわからず、なんと声を掛けていいかわからない。彼は私とお茶をするためにこの場に帰ってきたんだろうか。しかし、椅子に座ったわりに彼が話す雰囲気はなく、すっかり冷えたお茶をすすっている。私は話しかけていいものか迷うが、このまま埒《らち》が明かないのも嫌なので、こちらから声を掛けてみる。

「あの……新しいお茶でも淹れましょうか？」

「いい」

一蹴。まじで何のために戻ってきたんだ、こいつ。少しキレそうになりながらも、引き攣《つ》る笑顔を貼り付けた。私、本当に令嬢の鑑だと思う。

「えっと、では、殿下はなぜここに戻られたのですか？」

沈黙。……こいつと話すの面倒くさいな。貼り付けた笑顔がとうとう剥《は》がれ落ちるかという時、ようやく彼が口を開いた。

「本当か？」

……なんだ？　こいつは王太子なのにまともに言葉も使えないのか？　イライラが募るが、ぐっと堪える。

「本当か？　……と、申しますと？」

「……帝国以上の国にしたいと言ったことだ」

「えぇ、本心です。心から本気でそう思っています」

「お前は……俺たちが怖くないのか？」

「怖い……ですか？　いえ……そう感じたことはありませんが」

確かに魔族はツノこそ生えているが、逆にそれ以外の違いなんてほとんど見当たらなかった。事前に帝国で聞いてた話と違って、彼らは本能のままに生きているということは皆無で、ちゃんと統率が取れていた。私を怖がっているものの、侍女たちの仕事ぶりはしっかりしているし、こちらが怖がる要素などなかった。むしろいつも一生懸命で帝国の人間なんかよりずっと好感が持てる。

彼は私の返答を受けて、なにやら考え込んでいる。

いちいち長考しないでほしい。毎日アイナとテンポの速い会話をしている私としてはストレスしかない。

「お前は本当にこの国の王太子妃になるというのが、どういうことかわかっているのか？」

「……と、申しますと？」

「王太子妃になるということは、俺の妻になるということだ」

まったく、なにを言っているんだか。そんな当たり前のこと、わかっていないはずないじゃない。

私はため息を吐いた。

「もちろん、しっかりと理解しております！」

「じゃあ……」

そう言って、彼はおもむろにこちらに歩いてくると私の真横に立った。何事かと首をかしげ彼を見上げると、なぜか彼はかがんで、その綺麗な顔を近づけてきた。

……は、恥ずかしい。男性とこんなに顔を近づけたことなんてない。しかも、こんな綺麗な顔。男性なのに肌は私よりきめ細やかで、思わず触りたくなる。瞳も大きく、彼に見つめられると感じたことのない胸の動悸を感じる。

ど、どうしちゃったの……私。

彼は私の顎を掴んだが、意外にもその手は優しかった。いつでも私が逃げられるようにしてる。それが、きっと本当は彼も陛下のように優しい人なのかな、と思わせた。黒い大きな瞳が私をじっと見つめる。黒水晶のように透き通ってて、まるで吸い込まれそう。

「妻になるってことは……魔族とこういうことをするってことも？」

「……――っ⁉」

次の瞬間、彼の唇が私の唇と重なる。重なったところからびりびりっと身体に電気のようなものが走った。

「ん……っ」

頭の隅でお互いをよく知らないうちにキスをするなんて……と思う。

でも、初めてなのに……温かく優しいその唇が気持ちいい。

私が強く反抗できないことがわかったのか、彼はもう一度私に短く唇を押し付け、ゆっくりと顔を離した。

「あ……なんで、キスなんて……っ」

「お前の覚悟を確かめてやろうと思って」

ニッと笑う悪戯《いたずら》な彼の笑みに心臓が跳ねる。……この顔、身体に悪いわ。

私はふいと顔を背けた。

「なっ、なら、これでわかったでしょ……!!」

「いや、まだだ」

彼は再び私の顎を掴み、先ほどより深いキスをした。

こんなキス、知らない。頭がぼうっとしてきて、身体から力が抜けていく。

彼は角度を変え、強さを変え、私を追い詰める。……途中、息をしようと、口を開けば今度はにゅるんと、彼の舌が侵入してきた。彼は逃げる私を追いかけるように舌を絡ませる。

「や、はぁっ……」

酸素が足りない。身体が熱い。まるで私を味わうようなねっとりとしたキス……

なんで私は強く拒否できないの？

……キスってこんなに気持ちいいものだったの……？

最後にチュッとリップ音を立てて、彼の唇が離れてしまう。

「あ……」

名残惜しいような声を出してしまって、そこでようやく我に返る。

気付けば私は彼の胸元のシャツを握っていた。まるで欲しがっていたことがばれそうで、慌ててその手を離して、俯いた。

頭も顔も身体も熱い。これじゃまるで、こういう行為が好きな女性みたいじゃない！

恥ずかしくて顔も上げられない。

その時、ボソッと声が聞こえた。

「……人間なのに……っ、くそ」

「え？」

私が顔を上げた時には、彼はもう背中を向けていた。

でも彼の耳の先は赤くなっていた。

……もしかして、彼も気持ち良かった……？

「これからは何かあれば俺に相談しに来い。これ以上、父上の手を煩わせたくはない」

「わ、わかりました。殿下」

「ゼノでいい。……リリアナ」

「は、はい‼」

「その、色々とすまなかった。今日は俺ももう寝る。あと……嫌でなければ俺だけでもこれからは夕食を共にしよう」

「う、嬉しいです……。ぜ、ぜひ」

「そうか。……じゃあ、な」

去っていこうとする大きな背中が少し名残惜しい。

私がそう大きな声で言うと、彼ははたと足を止めた。

「お、おやすみなさい！」

「……おやすみ」

パタンと静かに扉が閉まる。彼との関係が一歩……どころか二、三歩進んだ気がする。

私のことを少しでも知ろうとしてくれたことが嬉しい。その上、謝ってくれた、明日からの食事の約束も、おやすみの挨拶もしてくれた。

それに……キス、まで。

「あんなに気持ちいいなんて知らなかったな……」

唇にふと指を置いて、先ほどの熱さを思い出す。ロマンチックさも何もかも皆無だったけど、彼が私を求めてくれているようで嬉しかった。

そういえばブルーズにキスを迫られた時は、唇をくっつけるなんてなんか考えられなくて、思いきり拒否したっけ……

なのに、今日は拒否するどころか……キスをねだるように縋った自分の手を思い出して、また顔が熱くなる。

「あー、だめだ。もう少し頭冷やしてから帰ろ」

扉の外で待つ使用人には悪いと思ったが、私はお茶をもう一杯自分で淹れた。

第二章　お忍びデートは蜜の香り

翌日。宣言した通り、ゼノ殿下は私と食事をするべく夕食会場に現れた。半分くらい本気にしていなかった私は、驚きを隠せなかった。

「こんばんは……」

「あぁ」

彼はぶっきらぼうに答え、私の向かいの席に着いた。

挨拶には挨拶で返すのがコミュニケーションってものだと思うんだけど……。一歩前進したと思ったのは私の勘違いだったのだろうか。

一方で私より驚いていたのはアイナだった。

「ちょっと！　どういうことよ、リリ。あなた、王太子との仲が深まったなんて報告してこなかったじゃない！」

私の耳元でギャーギャー喚いているが、彼の目の前でアイナに反応するわけにはいかない。私は無視を決め込んだ。

「あのね、私にとっては薬草がどうのよりも、断然恋愛話の方が聞きたいの！　一緒にいる私にドキドキを提供しなさいよ、私だって女子なのよ!?　恋愛トークとかしたいのよ！」

そんなこと言って、ブルーズの時は文句しか言ってこなかったじゃない、と反論したくなるが、私は何も聞こえてないように目の前の食事を黙々と食べ始める。

「リリ、あとで洗いざらい話してもらうからね！　キスもまだのあなたが――」

「うっ……!!」

キスという言葉に反応して、思わず喉に物を詰まらせる。

「大丈夫か？」

彼が向かい側から心配して水を差し出してくれる。

「あ、ありがとうございます」

私がそれを受け取ろうと顔を上げた瞬間、彼とパチっと視線が合った。昨日の顔の近さを思い出して、私は慌てて顔を背ける。

肩の上にいるアイナが、ショックを受けたように私の耳に纏《まと》わりつく。

「……うそ、でしょ。リリは私の知らない間に大人の階段を上ってしまったというの……？　私の可愛いリリが……」

何がそんなにショックかわからないが、がっくりしてるアイナより今は目の前の彼の方が重要だ。

彼は私が目を背けた瞬間、驚いた表情を見せたものの今はなぜか悪い笑みを浮かべながらこちらを見ている。

「ずいぶんと初心《うぶ》なんだな。昨日のことを思い出して顔を赤くするなんて。そんなに良かったか？」

「べ、別にそんなんじゃありません」

「正直じゃないんだな。頼めば、またやってやるのに」

「なっ……そ、そんなハレンチなことするわけないでしょ⁉」

「そうなのか？　昨日キスだけであんなに感じてたから、そういう行為がてっきり好きなのかと思った」

「そんなわけないじゃない‼　し、失礼ですよ！」

「そんな恥ずかしがることないだろ、面倒な処女じゃあるまいし。もう十八で恋愛も経験してきているだろうに、キスの一つや二つで大騒ぎするなんて」

……最低だ。私のファーストキスだったのに。それをキスの一つや二つで済ますなんて……少しでも気持ちいいと、もっと欲しいと思ってしまった自分を殴ってやりたい。私は拳を固く握った。

「……………、だもん」

「は？」

「処女だって言ってんのよっ！　面倒で悪かったわね！　大体キスをするのなんて初めてだったんだから、意識しちゃうに決まってるじゃない‼　そんなに面倒に思うなら、私のファーストキス、返してよっ‼」

そう早口で捲《まく》し立てれば、なんか恥ずかしくて情けなくて、涙が浮かんできてしまった。

「いや……嘘、だろ？」

彼は信じられないという顔でこちらを見ている。

「こんなことで、嘘なんてつかないわよ……。昨日のキスが初めてかは証明できないけど、とりあえず処女かどうかはいつか証明することになるわよ、あなたが拒否さえしなければ」

一回キレたら、なんだか冷静になってきた。私は淡々と言い放つ。

「あなたにとっては、多くの人とキスしたうちの一回だろうけど、私にとっては人生で初めてしたキスが昨日なの。あなたは私にそんな目で見られて煩わしいかもしれないけど、今日くらいは仕方ないと思って」

ようやく平静を取り戻して、彼の顔を見ると、なぜか今度は彼が顔を染めていた。

「あ、れが……リリアナのファーストキスだったのか？」

「そうだと言ってるじゃないですか。ファーストキスの相手にされたのがそんなに嫌ですか？」

「いや、そういうわけではなく……だな。えーっと……なんというか、君は帝国の王太子の女だったと聞いていたから、そういうことも、経験が豊富なのかと」

「なっ……！　あの馬鹿にはキスの一つも許したことはありません!!」

「ま、まさか」

「本当です!!　なんでそんなに疑うんですか？」

彼は気まずそうに目を泳がせた後、観念したように口を開いた。

「…………上手かったから、だ」

「は？　何が」

「キスがだよ。こんなことは言いたくないが……あんなに痺れるキスをしたのは初めてだった」

「――っ!!」

なんでそんなに恥ずかしいことをさらっと言うのか。自分で何を言っているのかわかってるの!?

しかし、私に追い討ちをかけるように、彼は続ける。

「それに、君は身体つきも――」

「や、やめてください！　……か、身体は元々こうなんです」

「……すまない、デリカシーに欠ける発言だった」

「いえ。……そういう風に見られるのは慣れていますので」

きっと彼は私の胸が大きいことを言っているのだろう。

しかし、胸の大きさは母譲りだ。そういう行為とはなんら関係がない。だが、昔からこの身体つきから何かと言われることが多かった。

気まずい空気が私たちの間に流れる。その時ボソッと彼が何か呟くのが聴こえた。

「リリアナとは、無理かもしれないな……」

彼は私に聴こえてるとは気付いていないようで、なにか神妙な面持ちで考えている。

私とは無理って……どういうこと？　処女なんて面倒な女とはやれないってこと？　それとも、やっぱり人間だからってこと？

その言葉の真意が気になったが、また彼との距離が離れるのが怖くて、私はそれ以上何も言えなかった。

「あー……。それはきっと、リリアナ様では殿下のモノは入らないという意味で言ったんだと思います」

平然とした態度でベルナは言った。

彼女の言葉もそうだが、こういった話題を恥ずかしげもなく話す彼女に開いた口が塞がらない。

ゼノにああ言われた日から私はため息ばかり吐いていた。それを察して、ベルナが「なんでもご相談ください」と優しく微笑みかけてくれるので、私は彼が呟いた一言について相談したのだ。夕食会場の隅に彼女も待機していたので、全ての会話が聞こえていないにせよ、大体の内容を把握していたようだったし。

……ついでに、今までの私の唯一の相談相手はいまだに拗ねているようで、ゼノとのことなど相談できる雰囲気ではなかった。

そして、ベルナに絆《ほだ》されて相談した結果が冒頭の一言。

「基本的に魔族の男性のモノは、他種族より大きいとされていて、それに伴って性欲も強いです。魔族の女性も然《しか》り、です。魔族の中では、十八歳という年齢で処女の方はほとんどいないと言っても過言ではありません」

「そ……そうなんだ。じゃあ、ベルナも……」

「ええ、もちろん処女ではありませんし、現在性行為を行うパートナーも複数人おります」

「ふ、複数人……」

「うさぎちゃんが……うそでしょ……」

ヒェ……と息を呑む音が聴こえたと思えば、いつの間にか私の肩にアイナが座っていた。その表情は驚嘆を隠せていない。

「で、でも、そんなに頻繁に交わっていては子供ができてしまうのではないの？」

「それはほとんどありませんね。魔族は半年に一度ほどしか妊娠のチャンスは来ないので。タイミングを計れば特に難しいことではありませんよ」

ここに来る前に、人間とはほとんど変わらない身体だと聞いていたのに、ずいぶんと話が違う。

「ついでに魔族が本能に忠実な種族とされているのは、性欲が強いからでしょう。十八で処女が珍しくない帝国の常識からすれば、確かに魔族は動物に近いかもしれませんね。性に奔放な人が多いのも事実ですし」

ハハハ、と世間話をするかのようにこの話を平然とするベルナ。

もう何と言ったらいいのか……

「ですから、王太子殿下はリリアナ様が十八まで処女だと知り、自分の性欲を受け止められないだろうと判断されたのでしょう。第一、処女でしたら、王太子殿下のモノなんて入らないでしょうしね」

まさかとは思うが、念のため聞いてみる。

「……ベルナは王太子殿下のモノを見たことがあるの？」

「まさかっ！　兄から『すごい』と聞いたことがあるだけです。あと、侍女仲間からも……」

「な、なんて言われているの!?」

「おぅ……リリアナ様、すごい食いつきですね」

おっと……今のは貴族令嬢として、下品な真似をしてしまった。ちょっと反省。私は少し身を引いて、咳払いをした。

「ごほん。私は将来の可能性のために知っておいた方がいいかと思っただけよ。で？」

「侍女の中には朝、王太子殿下の部屋のカーテンを開けに行く者もいるので……その、股の部分が大きく盛り上がっている、と」

「ん？　どういうこと？　朝に興奮してるってこと？」

「えっと……リリアナ様は朝勃ちというのはご存じですか？」

「いいえ」

「男性は興奮している、していないにかかわらず、朝勃つことがあるのです」

「そ、そうなの……不思議ね」

無知な私に呆れたようにベルナはどうしたものかと頭を掻いた。

「……というわけでリリアナ様、この国では若い頃から経験を積むのが一般的なので閨《ねや》教育などございません。ですから、いつか殿下のものを受け入れたいと思うのであれば、腹を割って王太子殿下と話し合うことをオススメいたします」

「……そう、よね。でも……彼は人間が嫌いなようだし……」

「でも、リリアナ様が嫌いなわけじゃないと思いますよ。むしろ人間なのに、好感を抱いてしまっているから戸惑っている、というところではないでしょうか？」

ベルナは私にウィンクをした。

「え？」

「きっと殿下も私と同じなんです。実は、私、リリアナ様に会うまで、人間のお世話なんてする自信なかったんです。それで病む人も多いって聞いてたし、お兄ちゃんからも無理だけはするなって言われてたから、何かあったら逃げてやるくらいに思ってました。でも、実際にリリアナ様を見たら、その姿に惚れちゃったんです。生贄《いけにえ》のようにこの国に来たっていうのに、馬車から降りてきた姿は背節がピンっと伸びていて、真っすぐ前を見て本当に綺麗だった。なのに、美しいだけじゃなくて、礼儀正しくて、笑顔は可愛くて……この方のお世話をしたいなって思っちゃったんです」

少し照れながらも、話してくれたベルナが可愛い。そんな風に思ってくれてたなんて……

「ベルナ……」

「きっと殿下も同じですよ。リリアナ様は本当に魅力的な方だから、知れば知るほど好きになっちゃう」

「ありがとう……」

アイナまで、ベルナの肩に乗ってウンウンと頷いている。

あぁ……少し、泣きそう。今まで私のことを見てくれている人なんて、アイナ一人だったのに、今はベルナも私の心強い味方だ。

「それに、仮に殿下に受け入れられなくても大丈夫ですよ、リリアナ様」

「どういうこと？」

「もしリリアナ様と殿下が上手くいかないようであれば、うちの兄がリリアナ様を喜んで娶《めと》るでしょう。とりあえず形式上一度殿下と結婚して、数年してからうちの家に……爵位も侯爵ですし、無理な家柄でもないかと――」

「なっ、何を言ってるのよ！」

ベルナは私をじっと見つめ返す。その目は真剣で、どうやら冗談ではないらしい。

「私は本気ですよ！　というか、兄のことを思えば、殿下と上手くいかないほうがありがたいくらいで……」

「どういうこと？」

「ふふっ。うちの兄は不敬にもリリアナ様に惚れちゃったってことですよ」

「そ、そんなはずないでしょ!!」

「まぁ、別に嘘だと思うなら、それでいいんですけど～」

ニヤニヤしながら、ベルナがこっちを見つめる。その肩に座るアイナも全く同じ下世話な笑みを浮かべている。

……ベルナとアイナ、意外にも良いコンビなのかもしれない。

▲▲　△△　▲▲

ちょっと最近、殿下との関係性に気を取られていたが、本来の目的を忘れてはいけない。あの屈辱を忘れたわけじゃないんだから。

「私は、そう簡単にあきらめなーいっ！」

どさっと図書館で借りてきた本を自室の机にドンっと置いた。借りてきたのは、シルワ国に関するものだ。歴史から地理、庶民の暮らしまで。

「国を豊かにするなら、まずこの国を知らないとね！」

同盟国だというのに、帝国にいた頃はシルワ国のまともな情報が手に入らなかった。しかし、こっちに来てしまえば、知るべきことは山ほどある。私は、意気揚々とページをめくった。


三時間後……私は見事に撃沈していた。

はっきり言って……内容が、薄い！　蔵書が少ないとは思ったが、ここまで内容が乏しいとは思わなかった。正直、帝国で学んだ内容に少し毛が生えた程度しかわからなかった。

「こんな状況でどうしろって言うのよーっ！」

私が机に突っ伏して嘆く姿を見て、アイナがポンポンと頭を撫でてくれた。

「三時間、よく頑張りました。で、今度こそ諦めるの？」

「んなはずないでしょ！　あの馬鹿王子を必ずぎゃふんと言わせてやるんだから！　次の作戦よ」

私とアイナは気炎万丈《きえんばんじょう》に部屋を飛び出した。向かった先は、ゼノの執務室。

「相談したいことがあったら、自分のところに来いって言ってたし、怒られたりしないよね？」

「ここに来て、何ビビッてんのよ。当たって砕けろー!!」

アイナ、楽しそうにしてるけど、当たって砕けちゃダメだと思う。

私は深く呼吸をした後、その扉をノックした。

「殿下、失礼します。リリアナです」

「リリアナ……？」

扉が開く。しかし、笑顔で扉を開けてくれたのは、ゼノではなく、ベルナの兄であるイズだった。

「リリアナ様っ！」

満面の笑みで私を迎えてくれるイズ。それはそれは嬉しそうで、彼が獣人だったら、ブンブンと尻尾を振っていたことだろう。その後ろで、不機嫌そうに執務室の椅子に座っているのが、ゼノだ。何をしに来たと言わんばかりに、こちらを不機嫌そうに見つめている……

相談しに来いって言ったのは自分なのに。しかし、そのゼノの様子を気にすることなく、イズは私に話しかけた。

「リリアナ様、お元気そうですね！　ベルナからよく話は聞いていたんですが、ずっとお会いできなかったので、どうされているかなって考えていたんです。あぁ、今日もお美しいです！　リリアナ様は元々がお美しいので、何を着ても似合いますが、今日着ている青いドレスなんてとてもお似合いです。あっ……僕の髪色が同じだからって言っているわけではなく、感じたままを言っただけで――」

なんか勝手に一人照れ出した。……彼がどういう人なのか、いまいちわからない。今のところ、残念な犬系イケメンってところだろうか。とりあえず当たり障りのない御礼を伝える。

しかし、それをぶった切るかのようにゼノが話し出した。

「リリアナ。俺に用事があって来たんだろう？　そんな奴と話してないで、さっさと要件を言え」

「あ、すみません、殿下。実は――」

「ゼノ、でいいと言ったろう？」

私が訪ねてきて不機嫌なわりに名前で呼べなど、意味がわからない。こちらは臣下の前だから気を遣って殿下呼びをしたっていうのに。

「……ゼノ」

「よし。なんだ？」

私がゼノと呼んだことにイズは驚いているようだったが、とりあえずゼノの機嫌が直ったので、良しとしよう。今日はお願いをしに来たから、彼の機嫌を取っておくに越したことはない。

「私、この国の人々の暮らしを見てみたいんです。そんなに遠くにとは言わないから、城下の様子だけでも見せてもらえないでしょうか？」

「この国の様子を？」

「ええ、この国で生きていくのに、何も知らないなんて嫌だから。できるだけ迷惑が掛からないように変装していきます。勝手に見て回るだけだから、許可だけもらえたらと……」

ゼノははぁ……と大きくため息を吐いた。そしてキッと険しい顔でこちらを見つめる。

え、そんなに駄目なこと？

「そんなことが許可できると本気で思っているのか？」

「……だ、だめですか？」

「うっ、可愛い……！」

上目遣いでゼノにそう尋ねたはずなのに、彼の傍らに立つイズが胸をぐっと押さえた。いや、本当になんなの……？　その様子がアイナにはツボだったようで、空中で笑い転げている。

「リリ、モテモテじゃーん！」と馬鹿にしたように言われるが、無視だ無視。

しかし、私の上目遣いは若干ゼノにも効果があったらしく、彼は咳払いしながら、耳を赤くした。

「べ、別に駄目だと言っているわけではない。ただ街中で、そなたの正体がばれると危険に巻き込まれることもあると思っただけだ。……この国をよく知ろうとしてくれることは、純粋に評価できる」

「じゃあ……！」

「あぁ。私がその視察に同伴しよう」

「え、でも……ゼノは忙しいんじゃないですか？」

「そうですよ、殿下。ここは第三騎士団長である私が責任を持って、リリアナ様とデート……じゃなかった、リリアナ様を護衛いたしますので、どうぞ執務に集中なさってください」

「えっ！　イズって騎士団長だったんですか⁉」

「はい、お伝えするのが遅れて申し訳ございません。改めまして、シルワ国第三騎士団団長のイズ・ブレンと申します。第三騎士団は主に遠征に行くことが多く、リリアナ様にお目にかかることも他の騎士団より少ないとは思いますが、どうぞお見知りおきを」

「あっ、いえ。いつもご苦労様です。こちらこそ、どうぞよろしくお願いいたします」

「ふふっ。……リリアナ様は私たち魔族にも人として接してくださるんですね。やはり思った通りの人だ。私はだからあなた様に惹かれてしまう……」

イズがくしゃっと相好《そうごう》を崩しながら笑う。なんというか、とても人懐っこい方みたい。そして、自分の気持ちに正直な方のようだ。ただのシスコンの変人とばかり思っていたが、こう真っすぐに熱く見つめられてしまうと、彼の気持ちがひしひしと伝わってきて恥ずかしさを感じる。

「イズ。出過ぎた真似をするな。リリアナは、王太子妃になる予定なんだぞ。お前が慕って良い相手では――」

私とイズは驚きと共にゼノを見つめた。

「な、なんだ。そんな驚いた顔をして」

「だって……私が王太子妃になる予定だって言うので……。こないだまでは認めないって言っていたのに」

「そっ、それはっ！」

「そうですよ、殿下。ちょっと前までは人間の女なんて抱けな――」

「だぁーっ‼　お前たち黙れっ‼　俺は別にリリアナに気を許したわけではなく、だな……。王太子妃になる予定と言ったのも、陛下から言われて王太子としての義務をまっとうしなければと思い直しただけだ。リリアナがどうとかっていうのは、何も関係がない！」

……私だからじゃなくて、陛下に言われたから、なのね。王太子妃として認めてもらえて嬉しいはずなのに、なぜだか少し胸が痛い。

　ゼノは王太子の義務として私と食事をしたり、会話をしたりしてるだけ……。最初の状況から考えれば、とてつもない進歩なのに、素直に喜べない自分がいた。それでも、王太子妃になる者として、私はふさわしい笑顔を貼り付けた。

「王太子としての義務を自覚したようで何よりです。改めて婚約者としてよろしくお願いします！」

「あぁ……。じゃあ、視察の日程は――」

「でも、やっぱり視察はイズにお願いしようと思います！　王太子としての義務を自覚した後じゃますます忙しいだろうし、体調がすぐれない陛下の分までお仕事頑張ってほしいですし。というわけで、イズ、視察への同行をお願いしてもいいかしら？」

「それはもちろん構わないですが……」

「じゃあ、日程はベルナを通して、調整するわね！　ゼノ、忙しいところ、お邪魔しました！　許可をくれて、ありがとうございます。長くお邪魔しても悪いので、これで失礼しますね」

「あ、おい！　リリアナっ⁉」

　私はゼノの呼びかけを聴こえないふりをして、執務室の扉を閉めた。が、私はするするとその場に座り込んだ。

「……リリ……」

　アイナが心配そうに肩から私の顔を覗き込む。

「アイナ……私、一体どうしちゃったんだろ……。こんなの、私らしくない……」

なんだか息がしづらくて、私はしばらくその場にうずくまっていた。

▲▲　△△　▲▲

「リリアナ様、かんっぺき、ですっ！」

視察当日、私はベルナに平民の服を用意してもらい、それを着ていた。シンプルな白のブラウスに、茶色いロングスカート、そしてツノがないことがばれないように赤い帽子を被った。髪の毛は、低い位置で二つ結びだ。少し幼く見える気はするが、別に問題ないだろう。

私が鏡に映る自分を確認している後ろでベルナはずっと賛辞の言葉をつらつらと歌うように述べている。最初のうちは気恥ずかしかったが、最近ではこれにもすっかり慣れた。

「あぁ、このリリアナ様とデートできるなんて、お兄ちゃんが羨ましい！　できることなら私もついていって、二人のデートを見守りたいですわっ！　でも、記念すべき初デートを邪魔するわけにはいかないし……はっ！　もしこのデートが成功したら、将来リリアナ様が私のお姉様になるのも夢じゃやない⁉　……ぐへへ」

ベルナは日に日におかしくなっている気がする。大体今日はデートではなく視察だと何度話せばわかるのだろうか。大体王太子妃付きの侍女なのに、王太子とではなく自分の兄と上手くいくよう願うなんて、ちょっとズレているとしか思えない。

はぁ……と小さくため息を吐けば、アイナが私の耳元に飛んできた。

「リリ……本当にいいの？」

　こないだ私がうずくまってしまった時から、アイナはずっと心配してくれている。普段の毒舌も封印して、ゼノとしっかり話してみた方がいいんじゃない？　とアドバイスをくれているが、話すことなどない。

　彼はあの日から忙しくしており、夕食も共にできていない。しかし、何も言ってこないところをみると、きっと私がイズと二人で外出することをなんとも思っていないのだろう。

　婚約者が自分に全く関心を持っていないこの状況に一抹の寂しさを感じないわけではないが、別に愛されるなんて元々思っていなかったし、何にも問題ない。恋愛感情なんて煩わしいだけだ。

「何言ってるのよ、大丈夫に決まってるでしょ。大体、あの時は少し気分が悪くなっちゃっただけで、ゼノのことなんてなんとも思っていないんだから」

「……リリ……」

　不安そうな表情を浮かべるアイナに、私はいつも通り笑いかける。

「それより、ベルナの話じゃ街にはここでは食べられない色々な食べ物があるらしいわよ。王宮で食べるような上品な料理じゃないけどって言ってたけど、私たちには問題ないわよね？」

「それはそうだけど……」

「ほらっ！　余計なことは考えないでさ、こっちに来てから初めての外出を楽しもうよ！」

　私はニヘニヘと妄想の世界に旅立っているベルナを連れ戻して、イズとの待ち合わせ場所に向かった。

「「な、なんで……」」

私とベルナの声が重なる。待ち合わせ場所に行くと、そこにいたのは髪とツノの色を変えて変装したゼノと肩を落としたイズだった。赤い髪が茶色に、黒い瞳が蒼くなっている。

「今日の視察は俺が行く。執務は全て終わらせてきた。文句は言わせない」

「で、でもっ、わざわざイズも準備してきてくれたわけですし」

うんうん、とベルナは大きく首を縦に振る。

……この子、王太子にこんな態度取って大丈夫なの？

「大丈夫だ、イズには特別休暇を与えた。そこの妹と兄妹水入らずで、生家にでも遊びに行くそうだ。な、イズ？」

「…………はい、その通りです」

全く納得できていないような返事だ。白く小さなツノがしょぼんと垂れているように見えるから不思議。

「でも……王太子が護衛も付けないで外出するのは――」

「はぁ……この国で私より強い者なんて各騎士団長くらいだろう。リリアナと二人で外出するくらいなら護衛など必要ない」

「で、でも……」

「先ほどから『でもでも』煩《うるさ》い！　行くぞ」

「ゼ、ゼノ!!」

私の手はゼノに掴まれた。逃がさないとばかりにぎゅっと指を絡まされる。

胸の奥がなんだかくすぐったい。でも、私はそのくすぐったさが心地よくて、彼の指をぎゅうっと握り返した。私たちは同じ角度でがっくりと肩を落とすブレン兄妹を残して、出発したのだった。


人通りの多いところに出る前にゼノは、いったん止まり、私に向き直った。

「いいか？　今日の俺たちは恋人同士の設定だ。俺たちくらいの年齢で街を歩くのにそれが一番しっくりくるからな。だから、嫌でも今日は俺と手を繋げ。もちろん敬語もなしだ」

「わ、わかりました……じゃなかった。わかったわ」

「よし、それでいい。今日はデート……だからな。自然に振る舞えよ」

「う、うん。デートね、了解」

正直デートなどしたことがないから、どういう風に振る舞えばいいかなんか全然わからない。けど、そんなことをわざわざ言うのも恥ずかしくて、私は平静を装った。ゼノは僅《わず》かに微笑んで、歩き出した。そして、アイナは「デートなら私はお暇《いとま》するわ～」と言って、笑顔で消えてしまった。……もう、デートはあくまでも設定なのに。

ゼノとのデートという名の視察は一言で言うと、とても楽しかった。恋人同士という設定が良かったのか、ゼノとの距離がいつもより近く感じられた。

途中、ゼノは宝石やドレスなどを私に買ってくれようとした。しかし、お店の高級品は、帝国から仕入れた物であることが多かった。

贈ろうとするゼノに「いらないわ」といえば、不服そうな顔をしたが、「あとでほしいものがあったらお願いするから」と言った。

そして、私たちは生地のお店に寄った。そこの生地は直接女主人が染めているらしく、見事な物だった。私は商品を手に取る。帝国では見たことのない色合いに目を奪われる。

「素晴らしい生地ね……色合いがとても素敵だわ」

「ありがとうございます。そう言っていただけると嬉しいですわ」

女主人が笑顔を返す。その嬉しそうな様子から本当にこの仕事を楽しんでいることがわかる。

あぁ、これが欲しいわ、シルワにしかないこの生地が。そう思った私はゼノの方を振り返って、微笑んだ。ゼノも私の意図に気付いたようで微笑み返してくれる。

「今、彼女が持っているものを一つ貰おう。あと、そっちにある生地も一つ」

「あ、ありがとうございます！」

女主人はいそいそと商品を袋に詰め始めた。私はゼノにこっそり耳打ちをする。

「ありがとう、大事に使わせてもらうわね」

「まったく……宝石とかではなく、生地を欲しがるなんてな」

「宝石もありがたいけどね。でも、頑張っている人を応援したいじゃない？　それに本当に素敵な生地だし。今から何を作ろうか迷っちゃうわ、私、手仕事が好きなの」

ゼノのクスクスとした笑い声が聞こえる。一体何がおかしいのだろうか。

「リリアナは本当に貴族令嬢だったのか疑わしいな」

そう言って眉を顰《ひそ》めたゼノだが、その顔はどこか嬉しそうだ。

「あら？　宝石好きの王太子妃候補をご所望《しょもう》だった？」

「いいや。……リリアナで良かったよ、俺の妻になる人が」

機嫌良さそうに私の耳元でゼノがそう囁《ささや》いた。

それがなんだかくすぐったくて、私は一言「そう」と返すことしかできなかった。

一通り城下町を回り、私たちは広場のベンチに腰掛けていた。今日一日見てみて思ったが、シルワ国の城下町は賑わっているとは言いがたかった。お店もまばらだし、商品の数も少ない。

でも……

「いい国ね。人がいいわ」

私は自然にそう零していた。魔族とは名ばかりで、みんな優しかった。貧しいからこそ、お互いに助け合おうという精神が息づいているのだろうか。困っている人がいたら、みんな真っすぐに手を差し伸べる……帝国ではすっかり見られなくなった光景がそこにはあった。

「……リリアナは変わっているな」

「え？」

「今までの人間はこの国に来て、ない物ばかりを並べるばかりで、ここにあるものなど見ようともしなかった。国民のことは、自分たちのために働く動物くらいにしか思ってなかっただろう。その上、帝国は理不尽な要求ばかり突きつけ、自分たちは何の犠牲も払おうとしない。正直俺はそんな帝国が嫌いだ。…………でも、国民を守るためには、そんな帝国に頭を下げなくてはいけない……」

私もこちらに来て知ったことだったが、帝国の兵力はほとんどがシルワ国のものだった。兵力の代わりに、野菜などの僅《わず》かな食糧を融通してもらっている状況だ。自分たちは大した犠牲も払わず、シルワ国の足元を見て、脅すように兵力を提供させ、死なない程度に僅《わず》かな食糧だけ融通する……最低だ。

「ごめんなさい、帝国のせいで……」

私が謝ると、ゼノは優しく笑った。私を励ますように繋ぐ手にぐっと力が込められた。

「リリアナのせいじゃない。悪いのは国のトップだとわかっている。俺もいつかそいつらに頭を下げることになるだろう。今は父上がその役目を引き受けてくれているが……俺は父上のように強くも、優しくもないから、それができるか不安だ……」

「ゼノ……」

ゼノは、俯いて、苦しそうにぽつぽつと話し出した。

「本当はな、リリアナのことも最初から悪い奴ではないとわかっていたんだ。今まで会った人間とはまるきり違ったから。でも、今まで帝国にされた仕打ちを思うと、仲良くなんてできないと思った。王太子として騎士団を指揮する中で、帝国の無茶な作戦のせいで命を落としていった同志もいた。しかし、帝国は弔いの言葉の一つもなく、次も頼むと言うだけで……あいつらが憎くてたまらなかった。だから、帝国民は皆嫌いだった。だから、リリアナもいつかは本性を見せるはずだと自分に言い聞かせてた」

私を最初拒否してた原因が本人から聞けて良かったと思う反面、帝国民としてその事実を知らなかったことを恥ずかしく思った。

事実を知れば、彼の行いを責める人などいないだろう。彼も必死に自分の気持ちと戦っていたんだ。ゼノの気持ちを思うと、胸が苦しくなる。

「でも、今日、魔族が差し出す硬い肉を美味しそうにほおばったり、魔族の主人と楽しそうに会話していたり、何の疑いもなく俺に笑いかけるリリアナを見て、確信したよ。今までの奴らとは違うって。本当に変わってるよ」

ニッと明るく笑ったゼノに合わせて、私も笑顔を作った。

「ねぇ、さっきから変わってるって言うけど、どの辺が？　返答次第では怒るわよ？」

「そうだなぁ、まず最初に思ったのは手だな」

「手？」

私はゼノと繋いでいない反対側の手を見つめた。ずいぶんマシにはなってきたが、細かい傷や火傷の跡が残っている。

……今までなんとも思ってなかったけど、傷だらけで恥ずかしいわ。

「手入れされてない、仕事をしてきた人の手だと思った」

「え……やだ。は、離して。見ないで」

私が手を離そうとすると、ゼノは両手で私の手を包んだ。

「何を恥ずかしがることがある。リリアナの手は、人のために尽くしてきた手だろう？　誇りに思って良いことだ」

なんでゼノは私の生活を見てきたわけじゃないのに、人に尽くしてきた手だとわかるんだろう。私の手は家族との生活を守るために必死に生き抜いた証だ。令嬢の手なんて真っ白で綺麗に越したことはないのに。それをこんな風に見てくれる人がいるなんて……

今まで誰も誇りに思っていいなんて言ってくれなかった。「可哀想」「恥ずかしい」そんな言葉を投げかけられるばかりで、私は必死に「可哀想じゃない、恥ずかしくない」と自分に言い聞かせるしかなかったのに。

彼の言葉は、今までの努力に対するご褒美のように、私の胸に染み渡った。

「……ありがとう」

ゼノは労《いたわ》るように頭を撫でてくれた。人に頭を撫でられるなんていつぶりだろう……

お母様が亡くなってからはなかったような気がする。人の手ってこんなに大きくて、温かいものだったんだっけ。

「それに、リリアナは俺たちを最初から恐れたり、軽蔑したりしなかった。種族などにこだわるのではなく、ちゃんと人を見ているんだな、と思った。そういう俺は、リリアナを人間という枠に当てはめて、悪だと決めつけていたんだから、恥ずかしい話だよ」

「……今まで帝国からされてきたことを考えれば、そうなっちゃうのも仕方ないよ……。私、こっちに来るまで、帝国がシルワをこんなに都合良く使っているなんて思いもしなかった。何も知らなかった自分が恥ずかしい……」

「これから知っていけばいい。リリアナはもうこの国の王太子妃になるんだから。帝国以上の国にするんだろ？」

ゼノが笑顔で私の頬に手を添える。その顔には王太子としての決意が表れていて、出会った頃の私に対する嫌悪感はすっかり消えていた。

「ゼノ……。私、頑張るね。絶対いつかは帝国以上の国にしてみせるから！」

「あぁ。これからは一緒に、頑張ろうな」

今日の視察で得た最も大きなものは、ゼノとのこの時間かもしれない。

ゼノはおもむろに立ち上がり、伸びをした。

「あー、なんか話してたら、喉が渇いてきたな。俺、あそこで飲み物買ってくる」

「じゃあ、私も――」

「歩き回って足が疲れてるだろ、そこで待ってろ。大丈夫、すぐそこの店だから。ちゃんとリリアナから目を離さないよ。他の男にさらわれたら困るからな」

「そんなことあるはずないって」

少し暗くなってきたこの時間、周りを歩いてるのはカップルばかりだ。パートナーがいるのに、誰もこの平々凡々とした服装の私に話しかけてきたりはしないだろう。と、思ったが、ゼノに呆れ顔で見られてしまった。

「……リリアナは自分への目線に鈍感なんだな。今日俺が何回他の男を威嚇したか、全く知らないで……ったく」

そんなことをぼやきながら、ゼノはお店に歩いていった。

……なんだか迷惑かけていたみたい？

ゼノは列に並んだ後も、ちらちらとこちらを確認している。その様子が可愛くて、私は笑顔で彼に手を振った。ゼノはやめろ！　とばかりに、ふいとそっぽを向いてしまう。子供扱いされてるみたいで嫌だったのかしら。

その時、私の隣に女性が大きなため息を吐いて座った。ズズっと洟《はな》も啜《すす》って、泣いているみたい。

私は思わず彼女にハンカチを差し出した。

「あの……良かったらお使いになります？」

女性はこっちを向くと、目を丸くした。

「うわっ……めっちゃ美人……。こんなに綺麗な人、私初めて見た……」

「あ、ありがとう、ございます……。それより、これ、良かったらどうぞ」

私が彼女の手にハンカチを置くと、彼女はそれを握りしめた。彼女はきらきらした瞳で私を見る。

「美人な上に優しいとか、まじ天使じゃん……。私、お姉さんのファンになっちゃいそう」

「はぁ……」

魔族の人って変わってる人が多いのかしら、みんな癖が強い気がする。

「なんかお姉さんのおかげで元気出てきちゃった！　男に振られたくらいでめそめそしてちゃいけないよね！　男なんて星の数ほどいるんだし。男が駄目なら、お姉さんみたいに綺麗な女性もいるんだし！」

「ま、まぁ……元気が出たようで良かったです」

「お姉さんはデート？」

「あ……はい。今、彼が飲み物を買いに行ってくれていて……」

デートと肯定した自分にも、ゼノを彼と呼んだ自分にも驚く。自分で言ったくせに照れくさくてたまらない。

「そうだよねー、お姉さんみたいな綺麗な人、男も女もほっとくわけないもん。あ、デートならせっかくだから、慰めてくれたお礼にコレあげるよ！　今日、私が使おうと思ってたんだけど、ドタキャンされちゃってさ、今日使わなきゃ使用期限切れちゃうし」

そう言って、その子は鞄《かばん》から何やら青い小瓶を出し、私の手に押し付けた。

「じゃあね！　綺麗なお姉さん！」

「え、あ、これは――」

何かを聞く前に彼女は去っていってしまった。

でも、最後は割と吹っ切れた顔をしてたし、いっか。

それにしてもこれは何かしら？　彼のために使うって言ってた。香水とかかな？

私はキュポっと瓶の栓を抜いた。どんな匂いだろうと、鼻を近づけて嗅いでみる。それは花の蜜のようなとってもいい匂いがして……ぽぅ、と頭にもやがかかる。

あれ？　身体が熱い……私の息がどんどん浅くなる。

「リリアナっ！」

その時、ゼノの焦った声が聞こえた。彼はジュースを道端に放り、私に駆け寄る。

「リリアナ、大丈夫かっ⁉」

「ゼ、ノ……。わたし、なんか、へん……？」

「青い小瓶は媚薬だ。そこらへんに転がってるから、魔族ならそれがなんだかすぐわかる。効果は……魔族ならなんてことないが、お前には刺激が強すぎるかもしれない、くそっ！　どこかに、宿屋は――」

ゼノは、私を抱えて宿屋に走った。その間もどんどん身体が熱くなる。初めて感じる熱が怖くて、私はゼノにぎゅっと抱きついた。

「ゼノ……ゼノ……っ」

「待ってろ、すぐだから」

ゼノは宿屋のドアを乱暴に開いた。

「今すぐに入れる部屋はあるか⁉」

「は、はい！　えっと、最上階のスイートルームならございますが、お値段が少々張りまして――」

「金なら心配しなくていい。早くその部屋の鍵を」

「か、かしこまりましたっ！」

部屋に入ると、ゼノは私をベッドに寝かせた。そのままベッドを離れようとするので、思わず彼の服を掴んだ。

「やぁ、ゼノ……いかないでぇ」

「大丈夫だ、どこにも行かない。ただ水を取りに行くだけだから」

ゼノは、私を落ち着かせるように言った。

「はぁ……っ、ほんと？」

「本当だ。いい子にしてろ」

私がゼノの服を離すと、彼は水を取りに部屋の奥に進んでいった。その間もどんどんと身体の熱が高まっていく。彼の姿が見えなくなったことで、より彼の温もりが欲しくてたまらなくなる。

私は身体の熱さに耐えきれず、震える手でブラウスのボタンを外していく。はらっと前が開けば、ひんやりとした空気が僅《わず》かに感じられて、気持ちいい。スカートのファスナーに手を掛けようとした時、ゼノが戻ってきていたようで、赤い顔でこちらを見ていた。

「ゼノ？」

「あ、あぁ……悪い。熱くて服を脱いだのか。ほら、水だ」

そうやって水を差しだしてくれるものの、こちらを見てもくれない。

「……なんで、こっち見てくれないの？　ねぇっ……ゼノ……」

「いや、ちょっと想像以上で……自分と闘ってる……。いいから、まずは水飲め」

「やだもん……っ。ゼノが飲ませて」

私は彼の顔をこちらに向けると、唇に触れた。形の良い薄い唇……

「俺がって……。はぁっ、仕方ないか……」

ゼノにとっては私に触れることが「仕方ない」ことなんだ、ね……。彼の一言に胸がチクッと痛んだ。

でも、ゼノに口づけを与えられた瞬間、余計な考えは消え失せた。

ゼノは自分の口に水を含んで、口づけをしながら私に水を流し込んだ。

ひんやりとした水が身体を流れるのがわかるが、すぐにその冷たさは熱で包まれてしまう。水を嚥下《えんげ》した私は更なる熱を求めて、彼の首に手を回した。

「んぅ……チュッ……」

「あ……リリ、アナ……っ」

私たちは互いに舌を絡ませ合い、キスをした。私の熱が彼にも移ったように、私たちは求め合った。頭に、身体に、ピリピリと刺激が走る……気持ち良い。

彼の舌が私の歯列をなぞれば、私はその舌を追いかけて絡ませた。彼の唾液が私に流し込まれるたびに私はそれを嬉々として呑み込んだ。

「はぁっ、ゼノッ……触ってぇ」

私が潤んだ瞳で懇願すれば、ゼノは横たわる私の身体に跨《また》がった。真っ黒な瞳はいつもより熱く潤んでいる気がした。

「……はやく、いっぱい触ってよぉ」

「あぁ……今、楽にしてやるから」

彼は胸当ての上から刺激を与える。気持ちいい……けど、物足りない。もっと彼の熱を感じたい……私に触れてほしい。

「直接触って……」

私は胸当てをずらした。ぷるんっと弾みながら出てきた胸を見て、ゼノはごくりと喉を鳴らした。

「ゼノの好きにして？」

彼は、最初に乳房を優しくなぞっていく。

「すごい……綺麗だ」

「焦らしちゃやだぁ。苦しいよっ、ゼノ……っ！」

ジリジリと身体が焼けるように熱い。激しくされたい。

そんな私の気持ちを見抜いたかのように、ゼノは右の頂を口に含んだ。そして、ちゅぱちゅぱと容赦なく舐める。

反対側の手では乳房を揉みしだきながらも、時々指の間に左の頂を挟み、刺激を送った。

「あっ！　はぁっ、ん!!」

気持ち良くて、熱くて……お腹の奥が切なくなる。

「あっ、ゼノ……ゼノ……」

私は熱に浮かされて、自分がどこかにいってしまいそうで、不安感から何度も彼の名前を呼んだ。

「ここにいる。俺はここにいるから。何も考えず、思いきり感じてろ」

ゼノから与えられる快感に酔いしれる。ぶっきらぼうだけど、優しい彼の手が嬉しくて……でも、それが王太子の義務でしかないのだろうと思うと、同時に悲しかった。

「下も、触るぞ」

ゼノはそう言うと、私の下腹部に手を這わせた。

下着の上からあるところを弾かれた時、ビビッと腰に痛みに似たようなものが走った。

「ゼノ、いたっ……い。こ、こわいよぉ……っ」

痛みなのか、快感なのかわからない。ただもうそこに触れられるのは嫌で私は子供のようにぶんぶんと首を横に振った。

「刺激が強すぎるか。……待ってろ」

ゼノは身体を下にずらすと、私のスカートを下ろし、下着まで下ろしてしまう。ひんやりとした空気が蜜口に感じられて、いかに自分が愛液を垂らしているかわかる。

「すっごい濡れてる」

「やらぁ、そんなとこっ……やぁ」

彼は躊躇なく私の秘部に顔を近づけた。そして、愛液を舐めとるように優しく舌を這わせた。彼の舌は柔らかく、その動きも優しいのに、とんでもない快感が身体の中を駆け巡る。

「やっ、あっ……やっ、らめえっ!!」

私が少しでも快感を逃がそうとズリズリと上へ逃げようとしても、逃がさないとばかりに彼は私の腰を抱いた。ヂュッチュッと私の愛液を舐め啜《すす》る音と、私の激しい嬌声が部屋の中に響く。

痛いはずだったさっきのポイントも優しく舐められれば、快感でしかなかった。次第に快感が私の中に満ちて、大きな波が襲ってきた。

「あっ……はっ……、あっ！　やっ、ああーっ!!」

次の瞬間、私の腰はビクビクっと大きく跳ねた。

「はぁ……っ、はぁ……っ」

肩で息をする私を彼は労《いたわ》るように抱きしめてくれた。

「よく頑張った。初めてで怖かったろうに……上手にイけたな」

「ゼノ……」

「大丈夫だ、これで少しは楽に――」

「まだ……っ。身体熱い……奥が、切ないの」

私は彼に抱きつき、腰を動かした。そんなことをすれば彼の服が私の愛液で汚れてしまうとわかっているのに、やめられない。私の下腹部に感じる、この熱い塊を私の身体は欲していた。

「……っ！　だ、駄目だ、これ以上の無理は――」

「無理じゃないからっ！　……お願い。ゼノが、ほしいの」

「……くそっ」

彼は私の秘部に再び手を伸ばすと、ぐっしょりと、濡れそぼったそこにゆっくりと指を沈めていく。

「あっ……はっ……」

「……やっぱり、キツすぎる。駄目だ」

すごい、違和感……けど、指が少しでも動くだけで、身体に電気が走る。

ゼノは私の身体を心配してか、一本の指を何度も何度もゆっくり出し入れさせた。

もどかしい、もっと、痛いくらいに欲しいのに……っ！

「あっ、ん……足りないよぉ、ゼノっ‼」

「……今のリリアナはこれで十分だろ？」

ゼノは私に口づけを落とすと、口内を蹂躙《じゅうりん》した。同時に右手指は蜜口と秘芽を激しく愛撫する。

「あっ、またっ、やらっ！　ゼノ、ゼノッ‼」

一人でイくのが寂しくて恥ずかしくて、彼にしがみつく。しかし、一緒に気持ち良くなりたいという、私の願いは聞き入れられることはなかった。

「イけ」

「ひゃっ、やあっっ‼」

耳元で囁《ささや》かれ、気付けば私はそのまま気を失っていた。


「はぁ……大変な目に遭ったわ」

結局、私たちが宿屋を後にしたのは、深夜だった。

「これに懲りたらもう軽々しく手を出したり、匂いを嗅いだりしないことだな」

「ごめんなさい……。返す言葉もないです……」

ゼノは爽やかに笑う。長い時間、私のせいで拘束してしまったのに、彼は機嫌が良いくらいだった。私が部屋で目覚めた時も、彼は私の隣に寝て、頭を撫でてくれていた。

何をやってるのかと呆れられるかと思ったが、彼の第一声は私の身を心配する言葉だった。

こんなにかっこいいのに、優しいなんて……なんか卑怯だわ。

「じゃあ、帰るか。さっき宿屋を通じて連絡は入れておいたが、今頃、イズとお前の侍女が大騒ぎだろうしな」

ついでにアイナも私を見つけられなくて大騒ぎだろう。私とこんなに長く離れたことがないから……泣いてはいないかしら。私のベッドの上でスンスンと泣いている彼女を想像して心配になる。

「そうね、早く帰りましょ」

「おい、先に行くな！　ちゃんと俺と手を――……リリアナ？」

歩き出そうとした私の目線の先には、驚きのものが積み上がっていた。半信半疑で、私はゼノに尋ねる。

「ねぇ……ゼノ、あれは何？」

「は？　あれは精霊石だろ？」

「やっぱり……。ねぇ、ちょっとアレ見ていってていい？」

▲▲　△△　▲▲

「どういうことだっ!?」

「ブルーズ様、どういうことと言われましても……。先ほどご報告した通り、今月もシルワ国側から精霊石の提出はありませんでした。精霊石が新たに発掘できなくなってきたそうで……大地の精霊の加護がいよいよなくなってきたかもしれないと言っていましたが……」

精霊石が発掘できなくなるだって⁉　今までそんなことなかったじゃないか‼

僕は執務机に苛立ちをぶつけた。

精霊石をシルワ国から手に入れられないなんて困る。今までタダ同然で最高級精霊石を提出させていたのに……精霊石がないと、いろんなところに支障が生じてしまう。

トゥグル王宮の施設は基本的にシルワ国から提出される精霊石に頼っている。シルワ国からの精霊石がないと、王宮の電気は灯せないし、大浴場も使えない。温度調整の装置も動かせない……ということは、この寒い時期に凍えながら生活することになる。厨房の機能も停止してしまうかもしれない。

「くそっ！」

「わ、私はこれで失礼します！」

シルワ担当の外交官は逃げるように僕の部屋を出ていった。残ったのは僕と王太子《僕》付きの秘書官だ。

「ブルーズ様、もう少し落ち着いてください」

僕の秘書官であるキャズがいつも通り、静かなテンションで僕を諫《いさ》めた。相変わらず優秀だが、その態度が鼻につく。

「煩《うるさ》い！　おい、王宮にはあとどれくらい精霊石が残っている？」

「三か月前からシルワからの提出が途絶えています。大地の精霊が機能しなくなって百年経ちますが、精霊石は採れていたので、何か月も途絶えることは想定していませんでした」

「さっさと他の貴族の屋敷から精霊石を回収してこい！」

「回収できる分は全て回収しております」

「それでもいいから探してこい！　僕を風呂にも入れない、暗く寒い部屋で過ごさせるつもりか‼」

「国内で探すのは現実的ではありません。シルワ国にもう一度確認する方が早いのでは？　彼らは最高級精霊石を屑石だと思っているので、国中を探してこいと言えば、ひょっとすれば出てくるかもしれません」

「そんなことして、帝国がシルワ国産の精霊石に頼っていると奴らにばれたらどうするつもりだ！」

「……いつまで搾取を続けるおつもりですか？　いつまでもシルワが言うことを聞くとは思えません。彼らの騎士団は数こそ少ないものの脅威です。彼らが他の国を仲間につけたら帝国の立場は危険です。何も知らないシルワの人間だけならともかく、シルワ国にはあのリリアナ嬢が――」

「はっ！　あんな堅物に何ができる？　婚約式の案内も来ないじゃないか。きっと人間だと邪険にされて、僕の名を呼びながら、泣いているはずさ」

「そうかもしれませんが……。リリアナ嬢は行動力もあり、勉強熱心で、優秀な王太子妃候補でした。もしかしたら、長年隠してきた事実に気付くかもしれません」

「はっ。百年もばれなかったのに、あいつが気付くはずがないだろう。お前はあの女を買い被りすぎなんだよ」

僕は鼻で笑った。あの女は賢いふりをしているだけで、そんなことない。きっと今も僕から受けた寵愛の日々を忘れられずに、自分の言動を悔いているに違いない。

あの美貌を逃したのは惜しいが、可愛げのない女など必要ない。精霊石が手に入らなくなったこと、あの女が関係しているはずないだろうが。

……ましてや、大地の精霊の加護がなくなったのは、帝国のせいだなんて、気付くはずがないんだ。

第三章　精霊王と溢れる想い

「驚いたな……」

陛下とゼノがあんぐりと口を開けている。二人の前には金貨の袋が積み上げられている。

「だから言ったじゃないですか。シルワ国で屑石とされている精霊石は最高級品だって！」

私がゼノとのデートの帰りに目にしたのは、帝国で最高級品とされている精霊石の山だった。

帝国でもこんなに山積みの精霊石を見たことがなかった。私がどういうことかとゼノに尋ねると、驚きの事実がわかった。シルワでは毎回捨てるほど豊富な精霊石が採れるらしい。採れば、また新たに生えてくるので、無限の資源ではあるが、使い道がない。国内には溢れかえっているので、帝国に屑石を一定量引き取ってもらっているのだと言う。

しかし、私の知る限り精霊石は帝国で高値で取引される代物だった。王宮の設備を動かすのにも使われているし、王宮がそれを売りに出して市場を操作したりもしていた。その元本となるのが、シルワ国産の精霊石だということは初めて知ったが。

そこで私は帝国に屑石と呼ばれる精霊石を渡すのを止めるよう、ゼノと陛下に提案した。はした金で皇帝家に渡すくらいなら、何としてでも自分たちで販路を見つけた方がシルワ国のためになると思った。

問題は帝国に提出しなくなった精霊石の売り場所だった。そこで、私はシルワと帝国の境にある小さな村に行った。シルワ国民は帝国の許可がなければ、シルワ国内から出てはいけないと決められていて、ツノがあると村に入ることはできないが、私なら難なく売りに行くことができた。

一人で売りに行くことを周囲から強く止められたが、帝国をぎゃふんと言わせるチャンスを私が逃すはずはなかった。商人が集まる、かつ皆が寝静まる早朝に、私は王宮を抜け出し、アイナと二人、村まで売りに行ってきたのだ。

そして、そこで運命の出会いまで果たすことができた。私は得意げに咳払いを一つする。

「そして、今日、お二人に紹介したい人がいます！」

「紹介したい人……？」

ゼノの顔が一気に険しくなる。

……勝手に国内にシルワ国民以外を入れたのは悪かったけど、そこまで怒ることないじゃない。

私は緊張しながらも、ポシェットから客人を取り出した。

「は？」

二人の目の前には、体長十センチにも満たない一匹のネズミが歩み出る。

「お初にお目にかかります。私、世界を股にかける商人、ネズミ獣人のナーチェと申します」

ナーチェは恭《うやうや》しく二人の前で挨拶をする。

「……獣人がこの国にくるなんて……」

ゼノは驚きで挨拶も忘れている。

しかし、陛下は流石《さすが》なものでこの状況をすぐに察し、小さな客人に挨拶を返す。

「ナーチェ殿、よくシルワ国に来てくださった。心から歓迎と感謝を申し上げる」

「こちらこそ、このような高貴な方と御縁をいただけたこと、心より嬉しく思っております。正直リリアナ様が王太子妃だとは今初めて知りましたが」

陛下がかかっと愉快そうに笑う。

「リリアナは自分の身分を明かさなかったのか？」

「いいえ？　ちゃんとシルワ国でそれなりの身分の者です、とお伝えしましたけど」

「それが王太子妃だとは思わないじゃないですか！」

実際には「気品がにじみ出ている」とか「高貴な方だとお見受けします」と言っていたくせに。

「じゃあ、今日はこのまま帰りますか？」

私が少し意地悪にそう言うと、ナーチェはブンブンと首を横に振った。

「まさかっ！　こんなビックなチャンスを逃すわけないじゃないですか‼　私は世界を股にかける商人ですからね、高貴な方々が相手でもしっかり稼がせてもらいますよ」

「正直な方で気持ちが良い。ですが、ナーチェ殿は獣人。シルワ国に出入りしては、精霊の怒りがと言われるのではないですか？」

「そんなの迷信ですよ。私は気にしません。現に三国で商売をしていても困ったことなどなかったですしね。あとはシルワ国とのパイプが欲しいと思っていたところだったんです。しかし、シルワ国の商人は国外に出てこないし、ネズミの獣人である私が一人忍び込んだところで怪しさ満点ですからね。しかし、諦めきれず、シルワ国にほど近い村に定期的に顔を出していたところ、きょろきょろと不審なリリアナ様を見つけたわけです。リリアナ様を見た瞬間、私の身体にビビビッと電気が走りましてね、この出会いは運命だと私の尻尾が告げておりました」

「運命……だと？」

いやいや、ゼノ、なんでそんなに怖い顔でナーチェを睨みつけるのよ……

私だけではなく、陛下も大きくため息を吐いている。

「ゼノ、お前という奴は……。ナーチェ殿は、女性だぞ」

「は……女性？」

ゼノは失礼にもナーチェを上から下までまじまじと見た。まったく、女性だと言っているのに。

「あ、王太子殿下は獣人を見るのは初めてなんですね。このピアス見えます？　獣人は他種族からすると見分けがつきにくいので、雌の獣人が国外で活動する場合は右耳にピアスをするのがセオリーなのです。とはいえ、暗黙の了解って感じでどこにも明文化されていないので、獣人に会う機会がなかった王太子殿下が知らないのも無理はありません。ふふっ、道理で私への目線が険しいと……。大丈夫ですよ、リリアナ様にはビジネスパートナーとして運命を感じただけですから。それにしても、リリアナ様愛されてますねぇ！　異種族間の愛……いいなぁ」

「そ、そんなんじゃない！」

……ゼノったら、そんなに必死に否定しなくてもいいじゃない。

キュッと私は唇を結んだが、陛下からは予想外の言葉が飛び出す。

「はぁ……リリアナを大事に思うのは良いが、ちゃんと場をわきまえよ。誰にでも敵対心をむき出しにするでない。もう、黙っておれ」

「……申し訳ありません」

え……もしかしてゼノってば、ナーチェが雄だと思って嫉妬してたわけ？　ナーチェが運命だとか言うから……？

つい顔が赤くなる。彼が嫉妬するだなんて考えていなかった。先日のことだって、私を助けるために仕方なく触れてくれただけだったし……きっと陛下の勘違いよね？

そう思って顔を上げてみれば、耳がほのかに色付いたゼノと目が合った。黒い瞳がなぜか艶っぽく見えて、私はつい目を逸らす。クスクスと小さな笑い声が聞こえると思ったら、ナーチェだった。

「あ、失敬。若いっていいなぁ、と思ってですねぇ。私もモテモテだった青春時代を思い出しますよ」

遠い目をして昔を思い出しているナーチェを前にして……何歳なの？　とは聞けなかった。

結局その後の話し合いで、ナーチェとのやり取りは、帝国での精霊石の価格を把握している私が行うことになった。ナーチェに精霊石を融通し、その見返りとして貨幣、もしくは食糧を輸入させてもらうことになった。

しかし、一商人であるナーチェが融通できる食糧は限られている上に、仲間の商人でもほとんどがシルワ国との貿易はしたがらないらしく、根本的な食糧不足の解決にまでは結び付かなかった。

「やっぱり食糧問題……というか、土壌の改善が必須よね……」

私はゼノと二人、並んで庭園を歩いていた。二人でどうしたらいいのか作戦会議中だ。

「それはそうだが、土壌については大地の精霊の加護が関係しているから、俺たちがどうこうできる問題ではないんだ」

アイナに聞いて、何かわかるならそうしたいけど、記憶喪失中だしなぁ。

「うーん……ねぇ、いつから大地の精霊の加護がなくなったの？」

「百年前だとされている。しかし、何も記録が残っていないからわからないんだ」

「記録が残ってない？」

「あぁ、リリアナもシルワのことを調べようとした時に気付いただろうが、一度王宮は火事になったことがあってな、その時、王宮に所蔵してあった重要な書籍は全て燃えてしまったんだ」

そういう理由だったのか。人間の私には見せたくなくて、隠しているのかと疑ってしまったことを申し訳なく思った。

「なるほど……全部燃えちゃうなんて、大変な火災だったのね。外からじゃそんなに大きく燃えなそうだし、厨房とかから発火したの？」

「…………放火だよ、内部の人間の、な」

「内部の人間？」

ゼノは足を止めた。

……話すか悩んでいるようにも見えたが、数秒の沈黙の後、彼は口を開いた。

「……帝国から嫁いだ令嬢だった。結局その火事に巻き込まれて、亡くなったらしい。今となってはシルワの歴史を壊すためだったのか、ただの事故だったのか、わからずじまいだ」

申し訳なさから、私は言葉を失った。

どれだけ帝国は、人間は、彼らを苦しめれば気が済むのだろう。

「あの、また帝国の人間がごめ――」

謝ろうとした私の唇をゼノは指でピッと塞いだ。

「前も言ったろ、リリアナのせいじゃないって。お前はシルワの国民だ、謝らなくていい」

「ゼノ……」

「大丈夫。リリアナのことは、信じてるから」

彼の言葉が嬉しかった。庭園にさらさらと優しい風がそよぐ。

ゼノと一緒にいると心地よい。不器用だけど、優しくて、まっすぐな彼に私は惹かれていた。

シルワに来る時に恋愛なんてこりごりだと思っていたのに、いつの間にかゼノと一緒にいるのが、ドキドキするけど、楽しい。

……恋なんて知らなかったけど、もしかしたらこのドキドキがそれなのかもしれない、なんて思う自分がいた。

私の目線の先には、彼の大きな手。あの日のように手を繋いだら、彼はどんな顔をするかしら？

顔を赤くしながらも受け入れてくれるかな……。もしを考えたら怖いのに、私はゼノの手に自分の手を重ねようとした。その時――

「ゼノ様!!」

後ろから女性の声が聴こえて、私はシュッと手を引っ込めた。声のした方を見ると、ピンクのドレスがよく似合う可愛らしい女性がこちらに向かって駆け寄ってきていた。

彼女は私の姿を確認すると、はっとしたように止まり、私の頭上に角がないことを確認した。すると、すぐにその女性は礼を執った。

「お二人のところ、大変失礼いたしました。初めまして、私はストラ公爵家が長女アリアと申します。王太子妃殿下とお見受けします。お二人の時間を邪魔してしまいまして、大変申し訳ございません。遠くからゼノ様のお姿が見えたので、ついお声がけしてしまいました。どうぞ寛大なお心でお許しください」

金色の輝くストレートヘアに、茶色の透き通った瞳、小さなツノは桃色だった。可憐で美しいだけではなく、その所作は完璧だ。

ゼノは、顔を上げるよう指示する。優しげな彼の声に私の胸はざわめいた。

「アリア、こちらは王太子妃になる予定のリリアナだ。シルワで不慣れなことも多い故、ぜひ助けてやってくれ」

「もちろんでございます。リリアナ様、どうぞ今後ともよろしくお願いいたします。何か困ったことがありましたら、どうぞ何なりとお申し付けくださいませ」

アリア嬢はそう言って可愛らしい笑みを浮かべた。容姿や所作が美しいだけではなく、性格まで良さそうだ。公爵令嬢と言っていたし、シルワ国の中では最も高貴な令嬢なのだろうと思うと、若干の劣等感を感じる。

しかし、私は王太子妃になる人間だ、大人にならなければ。

「ありがとう、アリア嬢。これからも仲良くしてくださると嬉しいわ」

「こちらこそ光栄でございますわ」

彼女の完璧な笑みを目の前にして、自分がアリア嬢のようにちゃんと笑えているか心配になる。

「何か困ったことがあれば、アリアを頼ると良い。彼女は自分の立場もしっかりとわきまえているから、リリアナをちゃんとサポートしてくれるだろう」

ゼノもそう言って、アリアと目を合わせ、頷き合う。

きっと彼女はしっかりとした臣下なのだろう。

「頼りにしてますわ、アリア嬢」

「はいっ！」

首を傾げて、可愛らしい笑みを私に向けるアリア嬢。女性の私から見ても、可愛いな……

「じゃあな、アリア」

「あ……ゼノ様……」

アリア嬢が名残惜しそうにゼノを呼んだ。

「なんだ？」

「次は、いつお呼びいただけますか？」

お呼びいただける？　……それは、どういうことだろうか？　ゼノは彼女を呼びつけているってこと？

嫌な妄想がぐるぐると頭の中を回る。

期待したように顔を赤らめるアリア嬢と、少し気まずそうにするゼノ。

考えたくなんてないのに『魔族の男性は性欲が強いんです』というベルナの言葉が、何度も脳内で再生される。この場から走り去りたかった。けれど、ゼノがどう返事をするのかも気になって、私の足は動かない。

「……別途連絡する」

「はいっ！　アリアは心からお待ちしております！」

彼女は心の底から嬉しそうに、そうゼノに言った。

最後の『お待ちしております』が『お慕いしております』に私には聞こえた。

きらきらした瞳で、ゼノのことだけをまっすぐに見つめる彼女を見ていると、これが恋というものなんだな、と思った。きっと彼女はずっとゼノのことを一途に想い続けてきたのだろう。

……私なんかが敵うわけ、ない。

人間なのに信頼して王太子妃を任せてくれることだけでも感謝しなきゃ。……私が誰かの一番になれるだなんて、馬鹿なこと考えちゃいけない。大丈夫、今までと変わらない。信頼して、任せてもらえる……それだけで幸せなことなんだから。

私は自分にそう言い聞かせて、自分の両手を固く握った。

その数日後、私とゼノは死んだ土地とされる場所を訪れていた。食糧問題解決の糸口が何か見つからないかと、私がゼノに行きたいと頼んだのだ。最初は渋っていたゼノだったが、前回ナーチェを見つけてきた一件から、一人にすると何をしでかすかわからないと思ったらしく、こうして今日連れてきてくれた。ついでに今日はアイナも一緒だ。

最近のアイナは、ますます食欲と睡眠欲に忠実で食べては寝て、食べては寝てを繰り返していた。今日は珍しく自分からついていきたいと言ったが、基本的には私が頼んだ時にしか一緒にいてくれなくなった。

「ほんっとに何もないのね……」

私は馬に乗りながら先の方まで見渡すが、目の前に広がるのは緑一つ見えない不毛の大地だった。

「だから言ったろ？　見に行っても見るものさえないって。もう少し先にある岩石地帯に行けば、いくつか洞穴があるが、そこだって本当にそれだけだ。土も確認してみるか？」

馬を降りて、土を確認してみるが、それはまるで砂のように乾燥していて、植物を育てられるような土壌ではなかった。この不毛の大地がずっと続いている……これを全て畑にできたら、多くのシルワ国民が潤うというのに。

「大地の精霊の加護がなくなる前は、ここ一帯が緑で溢れていたそうだ。……俺が生きているうちにその光景を実現させたいと思ってる……けど、きっかけさえも掴めていないのが現状だ」

「……ううん、考え続けていれば、いつかは何か見つかるはずだよ。私も一緒に考えるから」

「あぁ、頼もしいよ」

ゼノは私の頭上にポンと手を置く。彼に信頼されているようで嬉しい。

その時、私の頭上を飛んでいたアイナが珍しく声を掛けてきた。ゼノと一緒の時は大抵なにも話さないのに。彼女の声はどこか神妙だ。

「リリ、ごめん。ちょっと私、出かけてくる。心配しないで、ちゃんとリリのところに戻るから」

「え、アイナ⁉」

急いでアイナを呼び止めようとしたが、彼女は消えてしまった後だった。ひゅっと強い風が吹く。私は今までにないことに不安な気持ちが拭えなかった。


そこから少し進んで岩石地帯に着くかという頃、それは起きた。突如、竜巻が巻き起こったのだ。足元が悪いからと引いていた馬は、パニックになり、明後日の方向に駆け出してしまう。追おうにも雨風が強すぎて、目も開けられない。

「ゼノっ‼」

「リリアナ‼」

私たちは離れそうになるぎりぎりのところで手を繋ぐことができた。ゼノが私の手をひっぱり、腕の中に閉じ込める。

「とりあえず洞穴に逃げるぞ！　あそこなら雨風を凌げるはずだ」

私は飛ばされないように必死にゼノにしがみついて歩く。雨風は弱まるどころか、どんどん強さを増すばかり。ようやく洞穴に着くと、私はへたへたとその場に座り込んだ。

「大丈夫か？」

「大丈夫……ゼノがいなかったら、飛ばされていたわ。ありがとう」

「御礼の言葉は王宮に帰ってから聞こう。とりあえず、まだ雨風が強すぎて、ここからは出られない。馬もいないしな。天気が落ち着いて、迎えが来るのを待つしかないか」

「そう、だね。……まだまだやみそうにないけど」

「だな、今夜はここで休むことになりそうだ」

幸いにも洞穴の中は広く、奥の方はそこまで寒くなかった。しかし、問題は既に冷え切った身体にあった。

「リリアナ、全部服を脱げ」

「え……」

「そんなびしょ濡れの服をいつまでも着ていたら体温が下がりすぎてしまう。一度全部脱いで、身体を拭き、温めてから、乾いた服を着た方がいい」

「そう、だけど……。その……」

「恥ずかしいのはわかるが、体温の低下は命に関わる。どうしても恥ずかしいなら下着だけは付けておいていいから。ほら、早く」

ゼノはそう言って、潔く自分の服を脱ぎ、それを一つ一つ絞っていく。一枚脱ぐたびに露わになる彼の肉体はさすがとも言うべき身体だった。

無駄な肉など一切ない鍛え抜かれた身体にドキドキしてしまう。同時に細かい傷が多くみられて、若くしていかに危険な戦いをしてきたかがわかった。

「んな見てないで、さっさと脱げ。できないなら、俺がやってやろうか？」

「で、できる。……から、あっち向いてて」

「了解」

私たちは服を脱いで、洞穴の端と端に座った。少しでも熱を逃がさないようくっついたほうが良いと主張するゼノの意見を私が拒否したからだ。ゼノも私も下着一枚。遠くて、寒くて、寂しい。でももし近づいたら、きっと私は彼に触れずにはいられない。卑しくもきっとこの前の続きを求めてしまうだろう。彼にはアリア嬢という好きな人がいるのに、触れてほしいなんて、お願いできない。

……仕方ないと言って抱かれるのなんて、一度で十分だ。

私は、目を瞑って、雑念を払うように自分の身体を痛いくらいにさすった。

……ゼノのことを意識したら駄目！　私はここに一人きりだと思うのよ！　そんなことを自分に言い聞かせていたが、ふと後ろから声が聴こえた。

「やめろ、そんなに擦ったら傷になる」

次の瞬間、後ろからゼノの大きな身体に私は包まれた。

「ゼ、ゼ、ゼ、ゼノっ!?　一体何を!?」

「リリアナが馬鹿みたいに自分の身体をさするからだろ。そんなに寒いなら温めてやろうと思って」

「え、あ……でもっ‼」

「なんだ？　俺に触れられるのは嫌か？」

離れた方がいいと思うのに……ゼノからそう問われたら、嫌だなんて言えるはずがなかった。

「嫌じゃ、ない。嫌じゃない……けど……」

「けど、なんだ？」

ちらと頭にアリア嬢の微笑みが浮かぶ。それを見つめていた柔らかなゼノの顔も……

「けど……ゼノは嫌、でしょう？　私みたいな人間に触れるの……」

「はぁ……キスも、それ以上もしたっていうのに、嫌なはずあるかよ」

「だって、だって……」

今までのは成り行きだったし、それに……

『ゼノはアリア嬢が好きなんでしょう？』

そう聞いたら、私の中で何かが終わってしまうような気がして、どうしても口に出すことができない。彼の口から「アリアが好きだ」と言われるのが怖い。気付いたら、私は泣いていた。

「まさか……泣いているのか？」

「泣いて、ない」

泣いていないと言っているのに、彼は後ろから私の顔を覗き込む。

「泣いているじゃないか。……安心しろ、何もしないから」

グスグスと涙が止まらない。どうしたらいいのかわからない。ゼノが私を心配してくれて嬉しいのに、これ以上優しくしないでと突き放したくなる。

じゃないと、自分が取り返しのつかないところまで行ってしまいそうで。

「大丈夫、変に触ったりしない」

そう言ってゼノは私を抱きしめただけだった。

私の神経が全部ゼノと密着した背中に集中してしまったように、彼の息遣いや、身じろぎ、その体温を事細かに伝えてくる。私はギュッと目を瞑って、意識しないよう身をこわばらせた。

その時、ゼノが話し出した。

「昔さ、父上と何回かここらへんに来たことがあるんだ。父上はこの国の悲惨な現状を俺に伝えようとここに連れてきたんだろうけど、俺はこの洞穴が大好きだった。いつも臣下に囲まれている父上を、この洞穴にいる時だけは独り占めできるような気がした」

ゼノは私に優しく語りかけるように話す。

「父上は洞穴の中でいろんな話をしてくれた。父上が祖父から聞いたシルワの昔話や父上の幼い頃の冒険、亡くなった母上との出会い……歌を歌ってくれたこともあったな」

彼の落ち着いた声が心地よくて、私は彼に頭を預けた。

「歌？」

「あぁ、シルワに昔から伝わる歌だよ。洞穴の中に優しく響く歌を聴くのが、俺は大好きだった」

「ねぇ、その歌を歌って？」

私からの要請にゼノは戸惑ったように、ぐ……と唸った。

「……俺は父上みたいに上手くない」

「いいの、それでも。聴かせて」

少し間が空いた後、一つ咳払いをしてゼノが歌い始める。洞穴にゼノの歌声が響く。決して上手とは言えないけれど、その声は寒さで固まった私の心を溶かした。

……ゼノが歌い終わる。

「ふふっ、本当にあんまり上手じゃないのね。何でもできる王子様かと思っていたわ」

「くそっ……だから歌いたくなかったんだ」

「でも、すごく優しい声だった……。私は、好きだよ」

「……それならまぁ良かった。……ちょっとは落ち着いたか？」

なんて優しい人なんだろう。私を安心させるためだけに、得意じゃない歌まで歌って。こんな状況でも私のことばかり気にして……もう、認めるしかなかった。

ゼノが好き。もう、この気持ちを止めることなんてできない。

「ゼノ……ありがとう」

私が振り返ると、ゼノと目が合う。その大きな目には確かに私が映っている。それだけで胸がいっぱいになる。彼が私を見てくれていることが嬉しかった。

ゼノはアリア嬢が好きかもしれない。

でも……今はそれでもいいじゃない。何もそれで未来が決まったわけじゃない。ゼノが私を愛してくれるようになるかもしれない。

もうクヨクヨするのはやめよう。リリが言っていたじゃない、当たって砕けろだって。今すぐは無理でも、いつかは彼の最愛の人になってみせる。努力だけが取り柄なんだから、彼の心を手に入れられるよう、必死になればいいだけだ。

そう考えたら鬱々としていた心が晴れていくようだった。ゼノを好きになってもいいんだと自分のブレーキを外したら、心が楽になった。

と同時に、ますますゼノがかっこよく魅力的に見えてくる。

「リリアナ……、そんなに見つめないでくれ。俺だって必死なんだから」

「何が必死なの？」

「……もう何も聞くな」

わかっていた。私のお尻に当たる、彼のモノは熱く、勃ち上がっていたから。

「ねぇ……もっと、温め合うのはどう？」

「……っ！　そ、そんな風に俺を試さないでくれ」

「試しているんじゃない、お願いしてるんだよ？　寒いんだもん」

私はゼノにより身体を密着させ、その胸板に顔をこすり付けた。彼の匂いが感じられて、胸がきゅんとなる。

「……勘弁してくれ、我慢できない」

「私じゃ、だめ？」

「はぁ……さっきも言ったが駄目なわけないだろ。リリアナが魅力的すぎるから困っているんだ。……俺だってリリアナを抱きたいよ」

私を抱きしめる腕にぎゅっと力が入る。ゼノがどういうつもりで私を抱きたいと言っているのかわからない。寒いからかもしれないし、今こんな状況で興奮したからかもしれない。

でも、もうそんなのはどうでも良かった。

目を合わせたゼノの黒い瞳には欲望の炎が揺らめいていた。彼が今、私を求めてくれている……その事実だけが、私の全てだった。

私たちはゆっくりとキスをした。優しい優しいキスを。

「……私も、私もゼノに抱いてほしい……」

それを合図として私たちは、徐々にキスを深くしていった。唇を舐め合い、舌を出して、絡ませ合った。もっと彼を感じたくて、唇を重ねると彼の肉厚な舌が私の中に挿入《はい》ってきた。

私はそれを包むようにねっとりと絡ませると、彼もそれにこたえるかのように舌を私の舌に擦り合わせた。気持ち良くて、彼の首に腕を巻き付ける。

そのうち、彼の舌の動きが大きくなって、私を味わうかのように口内を刺激していく。

私は彼に翻弄されるがままで、上顎を擦られた時にはあまりの気持ち良さに身体が震えた。

「はぁっ……気持ちよさで頭が沸騰しそうだ」

「嬉しい……私も気持ちいいっ。はぁ……もっと、二人であったまろ？」

私は彼の上に向き合って座り、彼の眼前に胸を差し出した。

「おっぱいは……好き？」

「あぁ、もちろん」

ニッと笑ったゼノは私の胸に飛び込んだ。顔を埋めながら、下から柔らかさを堪能するように一本ずつ指を沈めていく。胸の谷間をぺろぺろと舐める。下から上へ、外から内へ乳房を刺激してくれるが、肝心の頂には触ってもらえない。胸に舌を這わせるも乳首には触れず、その周りばかり……。私の頂はツンと硬く立ち上がっていた。

「ん、ふぁっ、いじわるしないでぇ……乳首触ってよぅ……」

「ふっ、我慢ができないな、リリアナは」

「ひゃっ、あんっ!!」

ゼノが乳首を口に含んで、器用にも舌をくるくると動かしながら、頂を刺激する。そして、徐々にそれは強くなっていく。

「あっ、ゼノっ！　おっぱいで、私感じちゃうっ！　ふっ、んぁっ!!」

ジュパッ、チュっ、ヌチュ……絶えずゼノは私の乳首を弄《いじ》った。

「もぉ、や……とめてっ！　やぁあっ!!」

最後に乳首を甘噛みされた時、私は身体を震わせた。

くたっとなった私をゼノが抱きとめてくれて、首元にチュっとキスを落とす。

ゼノは私の呼吸が整うまで落ち着かせるように身体を撫でてくれた。その手が気持ちよくて、私はうっとりと彼に身を任せる。

そして、呼吸が落ち着いてきたその時、ようやく私の下腹部に当たるその存在を思い出した。

硬く大きいそれは熱く、私のお腹にぴったりとくっつけられていた。

すっかり、私ばかり気持ち良くしてもらってしまった。

自分ばかり乱れて、恥ずかしい……っ！

「ゼノ、ご、ごめん。私、二人でって言ったくせに、自分ばっかり気持ちよくなっちゃって……」

「いや、俺も気持ち良かった。身体も温まったろ？　疲れただろうし、もう寝るか」

……なんで、ゼノはこんなに優しいのだろうか。経験がない私でもわかる、下着で押さえつけられているそれが痛いくらい勃ち上がっていることくらい。なのに、それを隠そうとするなんて……。

私は彼の膝から降りて、彼の下着に手を掛けた。

「お、おいっ！　何を!?」

「ゼノは私を気持ちよくしてくれたのに、私はやっちゃダメなの？」

「で、でも、リリアナはこういうの慣れてないだろ？　そんな無理しなくても」

……じんわりと涙が滲む。ゼノは慣れてるんだもんね……私なんかじゃ力不足なのかもしれない。

でも、だからって止めたくない。私もゼノに気持ち良くなってほしい。

「慣れてない。けど、私もゼノに触りたい、気持ちよくなってほしいの」

「リリアナ……」

「ゼノ……させて。嫌だったら、突き飛ばしてもいいから」

私は彼のソコに顔を近づけた。匂いを嗅いでみると、水とは少し違う液体が下着に滲んでいた。

そこをぺろっと舐めてみる。少ししょっぱい。でも、これがゼノから出たものだと思えば愛しいくらいだった。私はゼノが何も言わないのをいいことに、下着の上からそこを舐めた。

「くっ……そんなところ……！」

少し苦しそうに彼から洩れる吐息は熱い。私は嬉しくなって、下着に手を掛けた。

「脱がすね」

「あ、リリアナ、やめろ……っ！」

バルンっと勢い良く出てきたのは、帝国の閨《ねや》教育書で見た挿絵よりもずっと大きい代物だった。

「す、すごい……ね」

「リリアナがエロいせいだ」

「え……私の？」

ゼノはふぅと呆れるようにため息を吐いた。そして、私を見下ろして、言った。

「……出したからには責任とれよ」

「いいの？　私もゼノの、触っていいの？」

嬉しい……！　私もゼノにさせてもらえるんだ。

私の反応はゼノの思っているものと違うらしく、彼は戸惑いを隠せていなかった。

「あ、あぁ……」

「やったぁ……」

私は嬉々として彼の大きな肉棒を握り、舌を近づけた。ぺろぺろと丁寧に余すことなく舐めていく。彼が小さな声で反応すればもっと嬉しくて、肉棒の裏筋から血管まで、私はより熱心に舐めた。

次に私は彼の肉棒を咥えようとした。

しかし、ソレは私の顎が外れそうなほど大きく、全てを口に含められない。

仕方がないので、きのこのような部分だけを口に含み、必死に舐めながら残りの部分は手を動かして優しくさすった。

彼の遠慮がちな喘ぎ声が洞穴に響く。

しかし、感じてくれていることが嬉しくて、苦しいのに、私は喉奥に彼のモノを突き刺した。

「はぁっ、リリアナっ!! 出るっ」

ゼノが私の頭を押さえた次の瞬間、粘っこい液体が私の喉奥めがけて発射された。

ありえない量にゴホゴホッと咳込んで、せっかくの子種を吐き出してしまった。

「わ、悪かった、リリアナ。苦しかっただろう」

「ううん、大丈夫。でも……」

「でも……?」

「また……ここがジンジンする」

私は自分の蜜口に手を伸ばした。そこは漏らしたのかと思うくらい愛液が滴っていた。私はゼノに見せつけるように股を開き、秘芽を擦った。

彼の焼けるような熱い視線が心地よい。ヌチャピチャっという生々しい水音が響く。

彼の肉棒は再び硬く勃ち上がっていた。

「ねぇ、ここに欲しいの……。私の中、ゼノの白いのでいっぱいにして?」

ゼノはバッと私に覆いかぶさると、左手で乳房を揉みしだき、乳首を弾いた。右手は蜜口に伸び、ツンと尖った私の秘芽をきゅっと摘んだ。彼の激しい愛撫に嬌声が止まらない。

「あっ、ゼノ、ゼノっ！　んあんっ！」

「くそっ、なんでこんなにエロくなってんだよ！」

ズブっと彼が二本の指を私の中に挿入する。愛液で十分に濡れそぼったそこは、難なく彼の指を咥え込んだ。ジュポジュポっと音が響くくらい、恥ずかしいくらいに濡れている。

「あっ！　ゼノのこと、考えるとっ……わたし、おかしいの。はぁっ、お腹が切なくてっ。だからっ……んっ！」

「自分で弄《いじ》ってたのか？」

「あっ、ごめ……っ、なさいっ。きらいにっ……ならないでぇっ！」

「馬鹿。もっとエロくなきゃ俺の相手は務まらないくらいだ。いくらでもおかしくなれ」

ゼノの指がもう一本増える。少し苦しいが、それ以上に快感が勝っていた。それにお腹の奥が痛いくらいに彼の肉棒を欲していた。

「もっ、指じゃやだぁっ！　ゼノのっ、が、ほしいのっ！」

「……っ！　もう、ほんとに止めてやれないからな……っ」

ゼノは、私の蜜口に肉棒を添えた。私の蜜口がひくひくとねだるように彼のモノに吸い付いた。

ゼノが少しずつ私の中に入ってくる。

「あっ……う、はぁっ……」

苦しい。彼のモノはやはり思っていたよりもずっと大きくて、私の中を余すことなく刺激していく。ゆっくりと挿入する彼も苦しそうだ。奥に突き刺したいのを我慢しながら、ちょっとずつ進んでくれているのだろう。

「ゼノ……っ、痛くてもいいから、奥まで挿れてっ……」

「でも……」

「ゼノとっ、一つになりたいの……お、ねがい。ん……っ」

「リリアナ……っ。悪い……っ！」

そう言うとゼノは一気に肉棒を私の奥深くに突き刺した。

「あぁあっっ!!」

鉄の塊が体内に埋め込まれたように、痛くて、熱い。

あまりの苦しさに私は呼吸をするので、精一杯だ。

「辛かったな、ごめん。俺、我慢、できなくてっ。はぁっ……お前の中、俺のをぎゅうぎゅう締め付けてくる。ただ挿れてるだけなのに、気持ち良くて、おかしくなりそうだ。リリアナの中、まるで俺の形を覚えようとしてるみたいに……くっ」

私たちは動かず、しばらくそのまま抱き合っていた。

確かに痛いのに……ゼノと繋がれていることが嬉しい。私の中に彼を感じることで、こんなにも満たされた気持ちになるなんて思いもしなかった。

その時彼が少し動いた。

「ふ……ぁんっ」

私は小さく声を上げた。それは自分が思っていたよりずっと甘い声だった。

「少しは、なじんできたか？」

そう言って彼はまた小刻みに腰を動かし始めた。

「ん、わかんない……っ！　ジンジン、する……あ、だめっ。動くとおかしく……っなるぅ」

ゼノが動くと、ただでさえいっぱいなのに、より苦しくなる。

なのに、どこかに擦れると痺れるような快感が走る。

ゼノの動きはどんどん大きくなり、私の蜜口からは卑猥な水音が絶えず聴こえる。

「リリアナっ……の身体……よすぎ……っ！」

「あっ、ゼノっ！　私もぉっ！　ぜんぶ、気持ちいいっ!!」

ゼノが深い口づけをくれる。上も下も、ゼノで満たされて幸せな気持ちになる。痛みなんてとうに消え去って、私の中に満ちるのはゼノへの想いと快感だけだった。

「あ、イくっ……」

「あっ、ゼノっ……あああっん!!」

膣内にゼノの子種が流し込まれる。私の膣内は最後の一滴まで逃すまいとばかりに彼のモノを強く締め付けたのだった。

「あー……これ、ほんとどうしたらいいのよ……。親友のこんな場面に出くわすなんて最悪だわ。

見ていられないけど、お父様にはすぐ連れてこいって言われてるし……」

アイナの声が聴こえたような気がして、私は重い瞼を開けた。

目の前にはすやすやとゼノが綺麗な寝顔で眠っている。どうやら私たちは抱き合って寝ていたらしい。私が寝た後にゼノがやってくれたのか、私たちの上には彼の外套がかけられていた。

「ゼノ……おはよう」

私は彼の頬にキスをした。すると、彼の瞼がゆっくり開き、私を優しい目で見つめてくれる。

「おはよう、リリアナ」

「んっ……はぁ、ゼノ……」

朝だというのに彼は私に濃厚な口づけを落とす。

「そんな声だして……もっかい、するか？」

「だ、駄目!!」

私とアイナの声が重なった。……え、アイナ？

ふと、声のした方を見ると、顔を真っ赤にしたアイナが洞穴の突起に隠れていた。

「きゃあああっ!!　ア、アイナ、見てたのっ!?」

「ど、どうしたんだ!?」

私の叫び声に驚いたゼノが立ち上がる。

「立たないでぇ!!」

アイナにゼノとの行為後を見られてパニックに陥る私、ゼノのモノを見てしまってショックを受けるアイナ、何が起こっているのか全くわからず混乱するゼノ……

洞穴にはしばらく叫び声が響いたのだった。

私とゼノはすっかり乾いた服を着て、アイナの前に座っていた。

「はい、リリアナ、紹介して」

「えーと、驚かないで聞いてほしいんだけど……あなたの目の前には妖精がいます」

「……悪い。言っている意味がわからないんだが……」

「言葉通りよ。目の前に私の友達であるアイナって妖精がいるの。あ、アイナはね、私と一緒に帝国から来た子でね、私が小さい頃、土の中に隠れているのを見つけたの。その時、瀕死状態だったアイナは、身を隠せなくて、私に見つかっちゃったんだって。そこから彼女を看病しているうちに仲良くなって、私たちは大親友になったの。ゼノには見えないだろうけど、ずっと私の側にいたのよ。あ、シルワ国に来てからは、よく寝てたから、いない時もあったりしたけどね。とまぁ、こんな感じ。わかった？」

ゼノは唖然としている。んー……やっぱり姿が見えないから信じられないのかな？

「アイナ、どうしたらいい？　ゼノ、驚きすぎて、思考が停止してるみたい」

「んー……あ、そうだわ。リリ、紙とペン持ってない？」

「持ってない。……あ、ゼノ、紙とペン持ってない？」

「あ、あぁ。メモくらいなら持っているが……」

ゼノはポケットから小さなメモとペンを出して、私に渡した。

「ありがと。アイナ、これでいい？」

「えぇ、ペンを貸してくれる？」

アイナは自分の身長とそう変わらないくらいのペンを持ち、ふわふわと浮かんだ。

ゼノにはペンだけが浮かんでいるように見えていることだろう。

彼は目をこすっているがペンは浮いたまま。驚く様子がなんだか可愛くて私はクスクスと笑った。

アイナは、んしょんしょ、と一生懸命文字を綴《つづ》っていく。自分と同じサイズのペンで書くのだから、相当大変そうだ。メモにどんどんと文字が綴《つづ》られていく。

『わたし　あいなです。りりの　ともだちの　ようせい　です』

「うわぁ！　アイナが文字を読めるのは知っていたけど、書くこともできたんだね！　すごいじゃない！」

「まぁ、勉強家のリリの側にいれば、嫌でも覚えるわよ。で、そこの王子様はこれで私の存在を信じてくれた？」

「ゼノ。アイナが、これで信じてくれたか？　だって」

「あ、あぁ。信じられないことだが……信じるしかなさそうだ。でも、なぜリリアナには姿も見え、声も聴こえるのに、俺には何も見えずに声も聴こえないんだ？」

「あー、それについてはお父様から説明するから」

「え、アイナ、お父さんがいたの？　まさか……記憶が戻ったの？」

アイナは少し複雑そうな笑みを見せた。

……アイナの記憶が戻っても私たちの関係は変わらない、よね？

「うん……。その話をリリアナと、そこの王子様に聞いてほしくて。いいかな？」

「もちろん、聞かせてほしい。いいよね、ゼノ？」

「すまない、リリアナ。妖精様はなんと？」

「あー、えっとねぇ……」

通訳するのはなかなかに面倒だな、と思いながらも、私はアイナの言葉をゼノに伝えるのだった。


「二人とも、目を開けて」

まぶしさを感じながらもゆっくりと目を開けると、そこは見たこともない美しい花畑の真ん中だった。あの後、アイナは私たち二人を一時的に精霊界に呼び寄せると言った。

ゼノと手と繋いで、瞼を閉じる。ゆっくり深呼吸をして、アイナの言う言葉をそっくり繰り返したら、精霊界に着いた。

私の目の前にはいつも通りのアイナと、白く長い髭を生やした私たちと同じサイズの老夫がいた。

「シルワ国の愛し子たちよ、ようこそ。わしは大地の精霊王エレッツじゃ」

エレッツと名乗った精霊王様は、それはそれは優しく微笑んだ。その顔からは慈愛が滲み出ていた。

「大地の……精霊王、様」

そう呟いた後、ゼノの目からぽろっと大きな涙が零れた。

それを見てエレツ様は白い眉尻を下げた。

「すまない、私のせいで王家の愛し子たちには特に迷惑をかけたな……」

「いえ……こうしてお話できるなんて夢のようです。精霊王様が、お元気そうで、それだけで……」

うっ……、とゼノは涙を堪えきれないようだった。

それもそうだろう、精霊王の加護があれば、と彼は何度も何度も思ってきたはずだ。加護を失ったせいで、帝国に属国のように扱われ、貧しい暮らしを強《し》いられてきた。苦しむ国民の姿を見ては、精霊王に思いを馳せたに違いない。

「ありがとう……そなたは優しい子じゃな。だから、わしはシルワを愛さずにはいられないのじゃ」

「お父様、ゆっくりもしてられないんでしょう？　感動もいいけど、要件をさっさと話してからにしなさいよ」

「……わが娘は厳しいの」

「ぐちぐち言わない。ほら、早く」

この雰囲気でがつがつ進めていこうとするアイナが強すぎる。もう少し感傷に浸らせてあげても……と思うが、どうやら私たちがここに留まれる時間は決まっているらしい。

「うむ。でも確かに時間がないのでな、手短に話そう。まず、わしがこの百年もの間、力を失っていたのは、アイナがいなくなったせいなんじゃ。アイナはわしの娘、次の大地の精霊王になる予定じゃった」

「アイナが精霊王……？」

アイナは困ったように肩をすくめた。

「そうみたいなの。私もこっちに来て、徐々に記憶を取り戻していったから、最近思い出したんだけどね」

アイナはなんてことのないように言っているが、私は戸惑っていた。

アイナが遠くに行ってしまうのでは、と不安がよぎる。

「アイナはわしの力が衰え始めた時に誕生した。徐々に力を移していって、アイナが精霊王になり、シルワの国をこれからも守護していく予定じゃった。だが、アイナに力を移している最中、アイナはいなくなってしまったんじゃ」

「いなくなった……？」

「そうじゃ。……トゥグル帝国の陰謀じゃった」

「帝国の⁉」

まさか大地の精霊王の問題に帝国が関わっているなんて思っていなかった。傍から見れば、精霊の加護を失ったシルワ国に唯一手を差し伸べたのが帝国であるのだから。それにただの人間である帝国人がなぜ精霊であるアイナに手を出せたのか？

疑問に思ったのは、私だけではなかったらしく、今度はゼノが口を開いた。

「ですが、エレッツ様。帝国といっても彼らは人間です。精霊様に干渉する方法などないはずでは？」

エレッツ様は、険しい顔でゆっくりと首を横に振った。

「いや、アイナがいなくなった百年前は、人々と精霊を繋ぐ存在がおったんじゃよ」

「人と精霊を繋ぐ存在？」

「あぁ……精霊士じゃ」

「精霊士……」

様々な書籍を読んだ私でも初めて聞く言葉だった。

もしかしたら、帝国やシルワでは意図的に隠されてきた存在なのかもしれない。

エレツ様は遠い日々を想うように話し出す。

「その昔、大地、水、風、火……それぞれに一人ずつ精霊士がいた。精霊士はわしたちの想いを汲み、人々へ伝えた。人々は精霊士を通して、わしたち精霊に願いを届けた。わしたちは適度な距離を取りながら、平和に暮らしておった。しかし……帝国は当時最も力を持っていたシルワ国を妬んでいた。そして、彼らはシルワ国の力を削ぐために大地の精霊士を脅したのだ。そして、大地の精霊士は、精霊姫としてまだ不完全な形であったアイナを捕らえ、帝国に差し出した」

「精霊士という立場にありながら、精霊様を捕らえるなんて……っ」

ゼノが悔しそうにそう言うと、アイナはやるせない表情をして言った。

「そんなことないわ……。彼女は心優しい子だった。人のためなら自分の命を捨てることを厭わないような強く優しい子だったの。でも、帝国は卑怯にも彼女ではなく、彼女の子供たちに目を付けたのよ。帝国の言うことを聞かないと、子供たちを殺すと脅したの。酷いのは帝国よ……っ」

アイナの目にはうっすらと涙が浮かんでいる。きっと彼女とアイナは仲が良かったんだろう。

「その上、その精霊士の彼女は帝国に消された。心変わりをして、アイナを助けることがないように……とな」

「どこまで帝国は腐っているんだ……！」

ギリッとゼノが歯を食いしばる。

自分たちの豊かさだけを求め、そのためには周囲の犠牲も厭わない……皇帝家のおぞましい歴史に怒りが込み上げてくる。

アイナが話を続ける。

「一方で、私は特別な檻に閉じ込められて、帝国の地下深くに眠らされた。精霊だから人の力で殺すことなんてできないからね。でも、シルワ国から離れた帝国に行ったことで精霊姫としての私の力は使えなくなったし、長年眠らされたことで起きた時には自分の名前以外の記憶はすっかりなくしてしまっていたの。それでも、何年もかけて僅《わず》かな力をため込んで、ようやく妖精としての力くらいは取り戻して、脱出したの。百年の間に、檻はすっかり脆くなっていた。で、その後にリリに拾われたってわけ」

辛い話を極力明るく話そうとするアイナを見て、胸がぐっと詰まる。

「アイナがそんなに大変な目に遭っていたなんて……。私、もっと早く助けてあげたかった」

「リリ、ありがとう。その気持ちだけで嬉しいわ。私、あなたに会えて本当に良かった。こうしてお父様のところに戻ることもできたわけだしね」

そんな笑顔を向けないでほしい。私だって、アイナを傷つけた帝国の人間だったのだから。

「アイナ……。……本当にごめんなさい、帝国の人間があなたに酷いことを」

「ううん。リリが謝ることじゃないって。大体あなたはもうシルワ国民でしょ？　ね、王子様？」

「あぁ、紛れもなくシルワ国の王太子妃だ」

「ありがとう……」

アイナが……そして、隣で私の手を握るゼノが笑いかけてくれる。二人が帝国民である私を許してくれているような気がした。

ゼノがエレツ様に尋ねる。

「ところでエレツ様、シルワ国の大地はこのまま元に戻ることはないのでしょうか？」

「大丈夫じゃ、愛し子よ。アイナが戻ってきた今、わしたち二人が揃えば大地の精霊王としての力を発揮できる。すぐにでも大地を緑溢れる百年前の姿に戻してみせよう」

「あ……ありがとう、ございますっ……！」

ようやくシルワ国民皆の願いが叶うのだ。ゼノは今にも泣きそうな、でも心から嬉しそうな顔をしている。

そんな顔をした彼を見ると、心から嬉しい。本当に良かった……

エレツ様は、寂しそうに笑った。

「いいや、本当に長い間辛い思いをさせたな……。よく今日まで僅《わず》かな加護で生き残ってくれた。そなたらシルワの愛し子でなければ、ここまで耐えることはできなかっただろう。わしは愛し子たちを誇りに思うぞ」

「身に余るお言葉です……！　本当に……、本当に、ありがとうございます……」

「うむ」

エレツ様も嬉しそうだ。エレツ様は力を失いながらも、必死にこの地を守ろうとしてくれていたのだと思うと熱いものが込み上げる。エレツ様にとっても、シルワに緑の大地を取り戻すことは念願だったのだろう。

そして、私はアイナに尋ねた。

「アイナは……次期精霊王としてここに留まることになるの？」

そうだとしたら、寂しい。今までいつでも側にいてくれた彼女と会えなくなってしまうなんて考えたくなかった。

でも、アイナは精霊王の娘で、私はただの人間。本来では相容れることのできない関係だ。

私は泣き出さないよう、ぐっと唇を噛んだ。

しかし、アイナの言葉は予想外のものだった。

「あー……それがね、私契約しちゃってるっぽいのよ、リリと。だから、完全に精霊界にはいられないの」

「は？　……契約？」

「うん……。リリは今……この世界で唯一の精霊士なの」

「えぇ!?　な、なにが？　なんで、どうしてそうなったの!?」

契約なんて全く身に覚えがない。ましてや自分が精霊士だなんて……精霊士の存在もさっき知ったばかりなのに!!

「あー……リリ、ケガした私を見た時に泣いたでしょ？　その時、涙が私に落ちて……私がリリの側にいたいって思ったことが原因みたい……？」

なんでそれが契約になるのよーっ⁉

パニックになりかける私の前でエレッツ様が淡々と話す。

「精霊士との契約というのは、精霊が気に入った者の前に現れ、その者が精霊に自らの体液を差し出すことで完了するものなんじゃ。今回に関しては偶然が重なって、契約となってしまったようじゃ、な」

「で、でも、この世界で唯一の精霊士ってどういうことですか⁉　確かにシルワや帝国では聞いたことないけど、風や火の精霊士ならまだ存在するんじゃ――」

「いいや。他の精霊たちは、アイナが連れ去られた時に人々と関わることをやめたのじゃ。その当時、残っていた水・火・風の精霊士の力を奪い、人が精霊に干渉できないようにした。このような悲劇が二度と起きないように、と。新しい精霊王が生まれていれば、再び精霊士が生まれることもあるじゃろうが……その気配は感じられない。だから、今唯一の精霊士はリリアナ、そなただけなのじゃよ」

「リリアナが精霊士……」

ゼノも驚きの事実の連続に言葉を失っている。アイナがゼノに向かって言う。

「そうよ。王子様をここへ呼んだのも、この状況を理解してほしかったからなの。いくらこの内容をリリアナを通して伝えてもわかってもらえるかわからなかったから。私はまだ精霊王として不完全だから、リリとの契約は破棄できないの。もしリリがこの世界で唯一の精霊士だとわかれば、皆こぞってリリを狙うでしょう。精霊至上主義であるエルフ国と獣人国は、酷いことまではしてこないだろうけど、風や火の精霊へコンタクトを取るためにきっと彼女を欲しがるわ。そして、帝国は……最悪、前の精霊士と同じように、リリを利用しようとするかもしれない」

ゼノが私の手をより強く握った。

「そんなことは、絶対させない……！」

「王子様の気持ちはわかってる。けど、帝国がどんな手を使ってくるかわからない今、彼女を守ってくれる人が必要なの」

アイナの言っていることはわかるが、これ以上ゼノに負担をかけたくなかった。

……私を好きならともかく、彼には想い合う相手がいる。なのに、恋人を放って私と一緒にいなければならないなんて、きっと、辛いだろうから。

「で、でもさっ！　今まで気付いてなかったとはいえ、精霊士だってばれてなかったでしょ？　そんな守ってもらうなんて大袈裟――」

「あのね、リリ？　あなたはいつも自分の価値を低く見積もりすぎなの。世界で唯一の意味、わかってる？　精霊士のあなたの力を使えば、人智を超えた力が手に入るかもしれないのよ？　それにリリが精霊士だってことは、近々公然の事実になるわ」

「え、なんで？」

「この土地を元に戻すんでしょう？　このタイミングでシルワが元通りになったと知られれば、新しく来た王太子妃に誰しもが注目する。それはシルワ国内だけじゃなく、エルフ国、獣人国、そして……もちろん帝国も」

「……大地を元に戻さなければ、リリアナは安全ですか？」

ゼノの発言に驚く。

私の安全などシルワ国の復興に比べたら、取るに足らない問題のはずなのに……

「愛し子よ……。そなたの言わんとしていることはわかるが、それは許可できない。百年もの間、耐え忍んできた国民にこれ以上辛い思いをさせるわけにはいかんだろう」

「そうだよ！　それだけは絶対嫌だからねっ!!　シルワの人たちが豊かな生活を送れるのなら、私が少し危険な目に遭うことくらい、なんてことない！」

「リリアナ……。……俺が必ず守ってみせるから」

彼に結局また一つ荷物を背負わせてしまったことに切なさを感じる。でも、彼の気持ちがどこにあるのかを知りながらも、どこか嬉しいと思っている私は卑怯者だ。

「うん……。私、ゼノのこと、信じているよ」

アイナとエレツ様がうんうんと頷く。

「さて、話が纏《まと》まったところで、そろそろ時間じゃ。これ以上、ここにいては、精霊士であるリリアナはともかく、愛し子に負担がかかる。そろそろあちらに戻そう。それにおそらく大地が戻った頃じゃ。愛し子もこれから忙しくなるぞ」

「それは、どういう――」

「これからも見守っておるぞ、シルワの愛し子よ。わしの愛する子たちをよろしく頼む」

「エレツ様!!」

ゼノがそう叫んだのと同時に、目の前が真っ暗になり、ぷつっと何かが切れる音がした。

次に目を開けた時には、私たちは元の洞穴にいた。二人、顔を見合わせる。

「リリアナ……今のは、俺の夢じゃないよな？」

「夢じゃない、と思う。私たち、精霊王様に会った。……そうだ、シルワの地が元通りになるって言ってた！　ゼノ、早く行こう！」

「リリアナ、待てって!!」

私たちは洞穴の出口に走った。その出口の先はまぶしいくらいの光が溢れている。

私たちは強くぎゅっと手を繋ぎ合わせ、出口を出た。

入る前は竜巻が吹き荒れていた不毛の大地は、一夜にして緑溢れるまぶしい大地に変わっていた。

▲▲　△△　▲▲

「……なんで、なんでこんなことに……っ！」

あれ以来シルワ国から最高級精霊石が手に入らなくなった。仕方がないため、王宮の施設を改修し、通常の精霊石でも稼働できるようにはしたが、不具合が生じることも多い。

毎日使っていた王宮の大浴場は使えなくなり、狭い部屋の浴槽を使うことになった。精霊石節約のために灯す明かりは今までの三分の一。温度調整機能は使えないため薪をくべるが、今までの快適さとはほど遠いものだった。

煌びやかなパーティは実施できなくなり、いろんな令嬢と遊ぶ時間も削られた。王宮は今までの輝きを失い、貴族どもはどういうことかと僕や父上の責任を問うばかり。……僕はいずれ王になる人間だというのにっ！

「ブルーズ様、もうすでに王宮の機能は破綻しています。一方でシルワ国は最近獣人国に精霊石を売り渡しているという噂があります……おそらく私たちに渡さなくなっただけで、シルワは精霊石を持っているのです。今まで当たり前であったことを変えるのは難しいと思いますが、これを機に精霊石を適正価格で輸入すべきかと思います」

「精霊石はあいつらのものじゃない！　僕たち帝国のものだ!!　自分たちのものを金を出して買うなんて、おかしいだろうがっ!!」

「……精霊石は、シルワ国のものです」

「キャズ！　お前っ――」

立場の違いをわからせてやろうと思ったその時、扉がノックされ、外交官が現れた。

「なんだ!!　取り込み中だぞ!!」

「ブルーズ様、シルワ国のことで至急お耳に入れておきたいことがございます」

「……なんだ？　僕は機嫌が悪いんだ、手短に話せ」

「あ、はい……。あの、シルワ国の不毛の地が緑の大地へと変貌したそうです、一夜にして」

「は？　もう一度言ってみろ」

「シルワ国の不毛の大地が一夜にして緑の地へと変化したらしいのです。既に野菜が多く実り、シルワ国内では大地の精霊の加護が戻ったと言われています。あと……王太子妃になるリリアナ嬢がもたらした幸福だとも……」

「なん、だと……？」

「わっ、私はこれで失礼いたします!!」

唖然とする僕を残し、その外交官は逃げるように執務室を飛び出していく。

「これで食糧を餌にして、シルワ国の軍隊を動かすことはできなくなりましたね。もっと酷いことになる前にシルワとの貿易を改めるべきかと思います。もちろん、シルワがこちらの謝罪を受け入れてくれたら、の話ですが」

「僕が……謝る？　あの、忌々しい虫けらに？」

「ブルーズ様、国のためを思うならば――」

「黙れぇっ!!　僕の秘書官なら、秘書官らしく、僕の言うことを聞いてろ！　偉そうなこと言うなっ!!」

僕が投げつけたインク瓶がキャズの頭に直撃する。割れた破片でケガをしたのか、キャズの頭からは黒いインクと赤い血が流れている。……それでも表情を崩さないなんて、むかつく奴だ。

こいつを見ていると、リリアナを思い出す。どこか人を見下したような態度……最初はそんなリリアナが屈服したら面白いだろうと口説いた。妹を助けるためにという部分はあったが、リリアナが自分のものになった時は気分が良かった。

が、最後まであの女は僕に身体を開こうとはしなかった。だから、むかついて、シルワ国に送った。属国の王太子妃ならいくらでも言うことを聞かせられると思ったから。人妻になってから、抱いても面白いかと思い直したのだ。

なのに、あいつがシルワに幸福をもたらした、だと？

ありえない、あいつが僕以外の誰かに愛されるなんて。

……あぁ、イライラする。この苛立ちを本当はリリアナにぶつけてやりたい。

「おい、キャズ。マーガレットを呼べ」

「ですが、この後の執務が――」

「今度はこのペンをお前の手に突き刺してやろうか？　やられたくなければ、さっさとマーガレットを呼べ」

「……かしこまりました」

馬鹿で、顔と身体だけが取り柄のマーガレット。

こういう時くらい役に立ってもらわないとな。僕は執務室を出て、寝室に向かった。

第四章　片想いのお茶会

エレツ様が言った通り、精霊の加護が戻ったことで、ゼノの執務は多忙を極めた。夕食を共にすることはできなくなったし、一日顔を合わせない日もあるくらいだった。あれだけ広大な土地が復活したのだから、管理人の選定や農作物の管理をする者を決め、販路を整備するなど、やることは山積して当然だ。

寂しいのは確かだが、喜ぶべきことだ。実際にシルワ国は大変な盛り上がりを見せており、復活した翌日からお祭りのような日々が続いていた。

一方私はというと、国民から「聖女様」とか「幸運の王太子妃」だとか、そんな大層なものとして祭り上げられていた。王宮には私とゼノに御礼を伝えたいとか、お顔だけでも拝見したいとか、連日多くの人が詰めかけた。街では、私とゼノの話題で持ち切りだと言うし、あれからまだ数日しか経っていないというのに、私やゼノの絵はがきが売られたりしているらしい。

そんな状態なので、私は全く外に出られなくなってしまった。王宮にも多くの貴族が訪ねてくるため、王宮の中も気軽に歩いたりできない。これじゃ軟禁状態だ。

「はぁ～……いい加減、外に出たいよ～！」

私の愚痴をベルナが苦笑いしながら聞いてくれる。

「確かにあの日から日中は一歩も部屋を出られていませんものね。息苦しくなってしまうのも無理はないですわ」

「でしょう？　しかも、急にベルナ以外の侍女もこの部屋に出入りするようになったし、なんだか環境が変わりすぎて落ち着かないわ」

「申し訳ございません。私も侍女長をはじめ、侍女仲間にリリアナ様のお世話は私一人で十分だと話しているのに、少し目を離したりすると私の仕事を取っていってしまうんです！　本当に腹立たしいですわ！　まったく、今までは何をされるかわからないから、などと馬鹿なことを言って、近寄りもしなかったのに！　そして、帰ってきたら、リリアナ様は女神のように美しかった、優しかったなどと言って、きゃあきゃあ話すんですよ!?　最初にリリアナ様の神々しさに気付いたのは私だというのに!!」

　神々しいって……なんかますますベルナの熱が高まっていて、心配になってくる。

「とにかくちょっとだけでも外に出たいわ。ベルナ、なんとかならないかしら？」

「……わかりました！　このベルナ、一肌脱ぎましょう！　ちょっとお待ちいただけますか？」

「え、本当に？　いいの？」

「実現できるかわかりませんが、頑張って交渉してきます！　あ、扉前に衛兵もいるから大丈夫だと思いますが、絶対にこの部屋から出ないでくださいよ？　ぜぇっっったい、ですからね!?」

「は……はい……」

　ベルナは念には念を押してから、部屋を出ていった。私は一人になった部屋で大きくため息を吐いた。ついでに今日、アイナはエレッツ様のところに行っている。アイナもシルワのために、一生懸命頑張っているらしい。

「……私だけ何もできてない、なぁ……」

皆が聖女だとか騒ぎ立ててくれるが、あくまで今の私はゼノの婚約者でしかない。王太子妃としてしっかりとした立場があれば、執務を手伝ったりできるのに。中途半端な私の立場。

「ゼノ……」

自分の気持ちに正直になると決めたのに、ゼノに会えないこの状況がもどかしい。

初めての晩餐の後にキスをされて、媚薬を飲んで治療のために触れられ、そして洞穴でゼノと繋がって……。今まで彼から与えられた熱を思い出し、身体の奥がきゅんとなる。

まともな場所で触れ合ったことなど一度もない。どれも成り行きでそうなってしまっただけだ。

ゼノは洞穴で私を抱きたいと言ってくれたけど、裸で二人きりの状況だったんだから、抱きたいと思うのは男性なら誰だってそうだと思う。会いたくて呼び出されるアリア嬢とはえらい違いだ。

「……私を、好きなわけじゃないんだよね？」

口に出してみると、その事実が予想以上に辛くて、私は手で顔を覆った。誰もいない部屋だけど、こんな情けない顔、誰にも見せられない。彼を好きでいると、彼に好きになってもらう努力をすると、そう決めたのは自分なのに、苦しい。

彼に王太子妃として信頼されてるとは思う。でも、きっとそれは私を女性として好きってことじゃない。

……今までだって何度も期待して、その通りになったことなんてなかった。

――私の十歳の誕生日、お父様がピンクのうさぎのぬいぐるみを買ってきた。誕生日会なんて開いてもらえなかったけど、プレゼントだけは用意してくれたんだ！　と子供の私は胸を躍らせた。

しかし……そのぬいぐるみは、妹に渡された。「一か月ぶりにベッドから起き上がれた記念だよ」って。お父様は私の誕生日なんて覚えてもいなかった。

本当は私も愛されたい。ずっと、ずっと愛されたかった。

きっとゼノは優しい人だから王太子妃として私を尊重してくれるだろうし、世継ぎのために私を抱いたりもするだろう。抱かれている間は、彼は私だけを見ていると実感できる。

でも……彼が自分以外を抱くなんて想像したら、胸が張り裂けそうだった。王太子である彼はいつか側妃を娶《めと》ることもあるだろう。その時に私は耐えられるのだろうか。まともな愛情など受けたことがないくせに、なんでこんなに欲張りでわがままなのか……自分に呆れる。努力して彼に受け入れてもらえなかったらどうしようと不安がぐるぐると頭の中を回る。

「うっ……グスッ。泣くな、頑張るって決めたんだから」

気付けば、そのまま目を閉じて眠ってしまっていた。

▲▲　△△　▲▲

コンコンコン。

扉を叩く音で目が覚める。誰……かしら？　ふと窓の外を見ると、もう外は暗くなり始めていた。まだベルナも、アイナも帰ってきていないようだ。

「誰ですか？」

「私です、アリアでございます」

「……アリア嬢？　わかりました、今開けますね」

扉を開けると、今日も笑顔の愛らしいアリア嬢がいた。水色のドレスもとてもよく似合っている。

「リリアナ様、こんばんは！　こんな時間に突然のご訪問申し訳ありません」

「いえ、大丈夫だけれど……どうしたの？」

「実は、先ほどまでゼノ様と一緒だったのですが――」

ぎゅっと胸が苦しくなる。いつも王宮にいるのに私とは顔を合わせもしないくせに、アリア嬢とは会えるのね……

「私室から出られなくなってしまったリリアナ様を休ませてあげてほしいとお願いされたのです」

「私を？」

「はい。ずっと私室に籠っていなきゃならないのも息が詰まるだろうから、息抜きをさせてあげてほしい、とゼノ様が。ですから、これから私と一緒に公爵邸へ行きませんか？」

予想外の提案に驚く。こんな時間から公爵邸を訪問するなんて、失礼だろうし。

「え？　そんな、私大丈夫よ？」

「ですが……ゼノ様のことを考えても、外に出られるのが良いと思うのです」

「どういう意味？」

「ゼノ様は……息苦しいとおっしゃっておりました。皆さんから結婚式はいつするのかと催促されることにうんざりされているようでして……。リリアナ様とは少し距離を置きたい、と」

ショックだった。距離が縮まっていると感じたのは私だけで、ゼノは距離を置きたいと思っていたなんて考えてもみなかった。

ただ忙しいと思っていただけなのに、本当は私に会いたくないだけだったの？

「本当にゼノがそう、言ったの……？」

声が震える……。でもアリア嬢は私の様子に気付かなかったようで、微笑んだ。

「えぇ。ですから、気分転換も兼ねて公爵邸へ！　ゼノ様からのお話でしたから、もうリリアナ様の侍女も公爵邸に向かい、リリアナ様を迎え入れる準備をしてくれています」

「ベルナが？」

「はい」

そっか……ベルナがゼノに相談しに行って、それを受けたゼノが一緒にいたアリア嬢に頼んだんだ。自分のためにも私を休ませるためにも公爵邸に連れていってほしいって。

……それほど彼女は信頼されているのね。そういえば以前、何かあったらアリア嬢を頼れって言われていたっけ。

本当は行きたくなんかない。たとえ会えなくたって、私にできることがなくたって、ゼノの側にいたい。でも……、彼の負担にはなりたくない。

「……わかった、行くわ」

「嬉しいっ！　私、リリアナ様と仲良くできるのを楽しみにしていたんです！　一緒に楽しく過ごしましょうね！」


ストラ公爵家に着くと、急な来客にもかかわらず、多くの使用人が出迎えてくれた。公爵家の使用人の方々は、皆礼儀正しく、規律が守られていた。その上、その顔は穏やかで、この仕事に誇りをもっていることが感じられた。お見かけしたことくらいしかないけど、ストラ公爵は良い人物なのだろうと思う。アリアも使用人へ優しく接していて、皆彼女が大好きなのがひしひしと感じられた。優しくて、可愛らしい彼女を好きにならない人なんていないんだろうな。


私たちは晩餐の準備が整うまでの間、一緒にお茶を飲むことになった。

「リリアナ様、ぜひ私のことはアリアとお呼びくださいね」

「あ、ありがとう。じゃあ、私のことはリリアナと……」

「ふふっ。それはいけませんわ。リリアナ様は王太子妃になられるお方、そんな無礼は許されません」

「そう……残念だわ。あ、そういえばベルナはどこかしら？」

「あぁ、どちらでしょうね？　すれ違っちゃったのかもしれないです。じきに来ますよ。ところでリリアナ様、このシルワはどうですか？　帝国の王都にいたんですもの、そこと比べると何もないでしょう？」

ベルナの話を逸らしたり、急に国の話を振ったり、違和感満載だ。どうやら息抜きのためにここに連れてこられたわけではないらしい。私に喧嘩を売ってるってわけね。

「そんなことないわ。シルワは帝国になかったものが溢れている。人々は温かく、互いに助け合う精神が息づいている。苦境に負けない強さもあるし、貧しい中でも工夫をして過ごす知恵もあるわ。それにこれからは緑豊かな大地だって。シルワは可能性に溢れていると思うの」

アリアはニコニコと笑っているが、その顔には感情が見えない。

「そう言っていただけて、本当に嬉しいですわ。私もこの国が大好きなんですの。貧しい国だと言われていても、シルワに生まれることができて良かった、と思わなかった日はありません。私は幼い頃からこの国のために生きようと心に決めていたんです」

「まさに貴族の鑑ね」

アリアは首を横に振る。

「いえ、そう思ったほとんどの理由はゼノ様ですから。ゼノ様が愛するこの国を私も守りたいと思ったのです」

やっぱり。ゼノとの話を私にしたいらしい。私たちが最近行動を共にしているのを見聞きして、関係を疑っているんだろう。自分の男に手を出すな、とでも言いたいのかしら？

「そうなのね。ゼノとは、長い付き合いなの？」

「はい、初めて会ったのは五歳の時でした。まだまだ令嬢として未熟だった私ですが、彼を一目見た瞬間、その美しさに衝撃が走りました。その上、すでにこの国の未来を憂い、学び、行動する姿に強い感銘を受けました。そして、思ったのです。この方を隣でお支えしたい、と。そこからは必死でした。ゼノ様に並び立つだけの実力を付けようと、遊ぶ時間も削って、毎日頑張りましたわ」

五歳の頃から彼を想って行動してきたなんて、本当にすごいと思う。一人の人をそこまで想い続けることができる彼女の強さを垣間見た気がした。同時に、それだけの時間を費やして彼の伴侶となることを望んでいたのに、ぽっと出の私にその座を奪われるなんて耐えがたい屈辱だろう。しかも相手は憎い帝国の人間。私が彼女に嫌われるのは当たり前だ。

「……アリアにとって、私の存在は迷惑でしかないわね」

そう呟いた私に返ってきたのは、意外な答えだった。

「とんでもありませんわ！　元々帝国から貴族令嬢が嫁いでくることも、その方が王太子妃となるだろうことも十分に理解しておりました。どんな方が来ても、ゼノ様がその方をお嫌いでも、私だけは上手くやろう、と。どんなに横柄な対応をされても耐えようと、覚悟していたんです。でも……実際にいらっしゃったリリアナ様は美しい上に、お優しく、このシルワを共に憂いてくれました。お父様などからその人となりをお聞きして、素晴らしい方が来てくださって良かったと胸を撫で下ろしました。常々早く仲良くなりたいと思っておりましたわ」

「そ、そう……」

表情が変わらないアリアと話すのは疲れる。

ゼノの隣にいたい、でも私が来て良かったと言う彼女の真意はなんだろうか。

「リリアナ様は……側妃、についてどう思われますか？」

「え……側妃……？」

「その存在を知らないわけではありませんよね？　陛下も側妃がおられましたし、ゼノ様はその側妃様とのお子様です」

「え、えぇ……知ってはいるけど……」

ゼノのお母様が側妃だとは知っていた。ただ数年前に亡くなったとのことで、お会いすることはできなかったが。

正妃となっていたのは帝国から来た人間……彼女はシルワに嫁いだことを絶望して、自ら命を絶ったらしい。

「リリアナ様がシルワにいらっしゃる前、側妃を娶《めと》ることは当たり前だという前提でした。帝国から来たご令嬢が、王太子といえども魔族と交わるだなんて、誰も思ってはいなかったからです。そして、それはゼノ様も同じでした」

ドクンと心臓が跳ねる。

「ゼノも……」

「はい。人間になんて興奮しないとおっしゃってましたよ、ふふっ」

アリアはそれはそれは楽しそうに笑った。

腹が立つけど、大丈夫。わかってたことだ。ゼノは私を抱きたくないと言ってたわけではなく、帝国から来るどこぞの貴族令嬢のことを言っていただけなんだから。

「そうだったの」

「はい。……だから、今のような状況は誰も予想していなかったんです。人間の王太子妃がゼノ様を好きになる、だなんて馬鹿げたこと」

アリアの顔から笑顔が消えていた。

初めて彼女の素の感情を見た気がした。その冷たい表情にぞっとする。

「そ、それはっ……」

「好きじゃないんですか？　ゼノ様のこと。人に言えないくらいの気持ちなら――」

「す、好きよっ！　もう頭の中はゼノでいっぱいで、毎晩夢に見るくらい好きよ!!　何、なんか文句ある!?　人間だろうが、魔族だろうが、そんなの関係ないでしょ！　あんなにかっこよくて、優しくて……もう好きになっちゃったんだから仕方ないじゃない!!　あなたもゼノが好きならわかるでしょう!?」

「ふふっ……ははっ……あはははははっ!!」

「ア、アリア？」

いつもの彼女なら口元を隠して控え目に笑うだろうが、今は何の遠慮もなく、大口を開けて、お腹を抱えて笑っている。

「はぁ。……失礼しました。リリアナ様は見かけによらず、情熱的な方なんですね。それにあなたもわかるでしょう、だなんて、本当もう可笑しい人」

「情熱的って……。そんなこともないと思うけど。私からしたら、アリアの方が情熱的よ。ゼノの前で可愛い顔して、嬉しそうに駆け寄ってきて、あんなの誰が見てもゼノが好きって言ってるようなものじゃない」

「そうですね。ゼノ様のことが心から好きだし、彼のためならこの命だって惜しくないですからね。彼に死ねと言われたら、喜んで死ぬでしょう」

「すごいわね……」

私は彼に死ねと言われて死ねるだろうか……

いや、きっと無理ね。大体ゼノはそんなこと言わない。国の繁栄より私の安全を取ろうとしてくた優しい人だもの。

「あははっ！　本当にリリアナ様は正直な方ですね。…………ゼノ様があなたに惹かれたのもわかる気がします」

「え？」

その時、屋敷の外が騒がしくなった。この位置からは見えないが、馬車が何台か到着したらしい。

「さて、お茶の用意ができたようです。私がお淹れしても？」

「えぇ、構わないけど……」

さっきまで傍らにいた侍女がススッと下がる。でも、俯いてどこか様子が変だ。

アリアは手慣れた手つきでお茶を淹れていく。ふわっと漂う香りはとても豊潤で良い香り……

「どうぞ、私の淹れるお茶は美味しいと評判なんですよ」

そう微笑みながら、アリアは私の目の前にお茶のカップを置いた。

「さぁ、リリアナ様、どうぞ召し上がってください」

「……ありがとう。いただくわ」

「えぇ、お口に合うといいんですが」

アリアは私がお茶を飲むのをニコニコと待っている。私がカップを持ち上げ、それを飲もうとした……その時――

「リリアナっ!!」

ドアを蹴破って入ってきたのは、決死の形相のゼノだった。

「……ゼノ？　なんで、ここに……」

私がそう言い終わる前に、ゼノは私を強く抱きしめた。よほどここまで急いできたのだろう、彼の心臓の音がこちらまで聴こえるほどだった。まだ息も整っていない。

「はぁ……。リリアナ……っ、本当に無事で良かった……」

ゼノの後ろ……扉近くにはイズやベルナ、そして項垂れるストラ公爵がいた。

大体の事情はわかった。皆、心配して駆けつけてくれたのだろう。私は手に持ったカップが落ちないよう注意しながら、ゼノを落ち着かせるようにポンポンと背中を撫でた。

「大丈夫だよ、ゼノ。何ともないよ」

「リリアナ……本当か？　本当に何ともないか？　このお茶は飲んでないだろうな？」

「うん、飲んでないよ。でも――」

私が言い終える前にゼノはアリアに向き直ると、腰から抜いた剣を彼女の喉元に突き付けた。それでも彼女は微笑みを絶やさず、カップを持ったままだ。

「アリア・ストラ。そなたには失望したぞ。単なる嫉妬で、リリアナを誘拐し、その手にかけようとするなんて」

彼女はそう言われたにもかかわらず、カップに口を付け、お茶を飲もうとした。

「待って！　待ってよ、ゼノ！　違うの。みんな何かを勘違いしているようだけど、私たちは二人でお茶をしてただけなの」

……部屋に満ちる沈黙。こんな状況で何言ってるんだこいつは、という空気をひしひしと感じる。お茶に誘った本人のアリアでさえ、眉間に皺を寄せる。そんな顔しても可愛いのね。

呆れ顔でゼノは、私に向き直る。

「はぁ……リリアナ……わかっていないのはお前の方だ。こいつはお前のカップに毒を仕込み――っ⁉」

私はゼノの隙をついて、手に持っていたお茶を飲み干した。

「ばっ……‼」

「あ～美味しかった！　みんながちょうど入ってきちゃうから、せっかくの美味しいお茶が冷めちゃったじゃない」

周りのみんなが唖然とする。アリアまで狐につままれたような顔をしてる。

なによ、あなたが淹れたお茶じゃない。

「いい？　これで私とアリアはただお茶をしてただけってわかってくれたわね？」

「ほ、本当に何にもないのか？　遅効性の毒かも――」

「ほんとに平気！　何時間待ったって何にもなりゃしないわ。心配なら私のカップを持って帰って調べたら？　何も出ないとは思うけどね」

「そんなはずは……」

「いいからもう帰りましょ。アリア、すごく美味しいお茶だったわ。今日はお誘いありがとう。あなたのことが知れて、嬉しかったわ。……これからもシルワをよろしく頼んだわね」

その言葉を受けて、アリアの手からはカップが落ちて、割れた。

みるみるうちに彼女の眼には涙が溜まり、ぽろぽろと流れ出す。うっ、ああっ……と嗚咽《おえつ》する彼女に先ほどの侍女が寄り添い、一緒に泣いている。この調子ならもう大丈夫そうね。

「ゼノ。私疲れているの、早く王宮に帰りたいわ」

「だが……」

「お願い。ゼノ、帰ろ？」

「あ……あぁ」

私たちが去る間際まで公爵邸の応接間にはアリアの泣き声がずっと響いていた。切ないその声にぐっと胸が詰まるけど……

でも――良かった、誰も犠牲にならなくて。きっと彼女は強い女性だから、また国のために立ち上がってくれるはず。

私はそれを信じて待とう。そう決意して、王宮に帰る馬車に乗り込んだ。

▲▲　△△　▲▲

「えーと、なんで私はここに？」

「こちらに案内するようにと仰せつかっております」

王宮に帰り、湯あみを終えた私が案内されたのは、なぜかいつもの私室ではなく、ゼノの寝室だった。テーブルと、ベッド……どちらに座るべきか迷ったが、私の今の格好は侍女たちが用意したスケスケのネグリジェとガウン。この格好でテーブルに座るのもおかしいか、とちょこんとベッドの端に腰掛ける。

でも……これってそういうこと、なの？　こんな格好でベッドに座っていれば、答えは一つだと思うが、展開に頭がついていかない。

帰りの馬車の中、彼は何も言わなかった。ただ私の隣で私の頭を抱いて、何かをじっと考えていた。だから私はそれを邪魔しないように、馬車の揺れとゼノの温かさを感じながら、少し寝たのだった。

「うーん……やっぱり何かの間違いな気がする。どうしよう」

ゼノはいつ来るのだろうか？　間違いだと思うので、部屋に帰りたいが、こんな夜間にこんな格好で廊下を出歩くわけにはいかない。

どうしたものかと頭を悩ませていると、ゼノが部屋に入ってきた。

「リ、リリアナ、なんでそんな格好……」

私の格好を見て、目を丸くするゼノ。

やっぱりお呼びじゃなかった！　ガウンの前をぎゅっと握りしめて、できるだけ身体を隠した。

「私も何かおかしいとは思ったのよ⁉　ただ湯あみを終えたら、この服が置いてあって、どういうことか聞く前にここに案内されてしまって。驚いていたら、侍女も帰って、私室に帰るタイミングも失っちゃって、それで……」

もう嫌だ。恥ずかしさで、目が潤んでくる。

すると、ゼノは私の前に跪《ひざまず》き、私の両手を取った。

「悪い。リリアナをここに案内するように言ったのは私なんだが、そのような格好で待っているとは思わなくて驚いてしまった。ただ今日話をしておきたいと思っただけなのだが、こんな時間に案内するように言ったから、侍女たちが勘違いしたんだと思う。でも、決して嫌なわけじゃない……むしろリリアナが俺の寝室で待っていてくれて嬉しかった」

「ほんとに？」

「ほんとだ。……だ、だが、その潤んだ瞳で見つめるのはやめてくれないか、おかしくなりそうだ」

そう言うと、ゼノは赤く染まった顔を背けた。その仕草にお腹の奥がきゅっとなる気がしたが、ゼノは話をしたくて私を呼んだらしい。私も真剣に聞かなくては。

「わかった。話って何？」

ゼノは私の隣に腰掛けた。そして、おもむろに私の手を握る。

「リリアナ……まず、お前を危険に晒したことを心からお詫びする。守ってやれなくて、すまなかった」

「何言ってるのよ、私はぴんぴんしてるわ！　危険な目になんて遭ってない。アリアとだって本当にお茶を――」

「リリアナ。……わかっているんだろう？　一歩間違えば命を落としていたかもしれないことを」

険しい顔をするゼノ。……誤魔化せる雰囲気ではなさそうだ。私は観念して口を開いた。

「……うん。アリアはゼノから頼まれたって言ってたけど、私を公爵邸に連れてきたのは彼女の独断なんだってすぐにわかった。きっと彼女は私に何かしたいんだと思って、彼女の意図がわかるまで大人しくお茶をすることにしたの」

「そんな危険なこと……」

「だって、どちらにしろすぐに帰れる状況じゃなかったし、私が気を付ければいいことだと思ったから。それに、部屋の前の衛兵にはストラ公爵家に行くって言ったし、彼らは私とアリアが一緒に出掛けるところを見ているから、これが不測の事態だとしてもすぐにゼノが来てくれると思った」

私の言葉を受けて、困ったようにがしがしとゼノが頭を掻く。

「ったく……信頼されてるのか、ただ向こう見ずなだけなのか、わかんないな」

「信頼してるんだよ！」

「そうか、それなら嬉しいな……。はぁ、だが、今回は完全に俺の落ち度だった。俺のせいでリリアナをあんな目に遭わせてしまうなんて」

「だから、何の目にも遭ってないってば。でも、聞かせてほしいな、私のところに来る前、アリアに何があったのか」

ゼノは頷いた。その顔には少し寂しさが見て取れる。信じていた臣下の行動にショックを受けているんだろう。

「今日は昼からストラ公爵との面会の予定が入っていた。俺はその場にアリアも呼んだんだ。そして、俺はそこで……側妃を娶《めと》るつもりがないことを二人に伝えた。王太子妃であるリリアナだけを唯一の伴侶にする、と」

……アリアの反応から何となく予想していたことだったけど、直接ゼノの口から『唯一の伴侶』と呼ばれ、私の息は一瞬止まった。

胸に満ち足りたものが広がる。しかし、今はアリアの話だ、私は唇をぐっと引き結んだ。

「続けて」

「ストラ公爵はすぐに納得してくれたが、問題はアリアだった。彼女は俺に必死に訴えた。元々側妃を娶《めと》る予定だったはずだとか、今までそのためだけに頑張ってきただとか……俺を愛している、と」

「そっか……でも、きっと本当のこと、だよね」

「あぁ……だろうな。でも、俺は彼女の願いを却下した。リリアナに出会った今、他の令嬢を妃として迎えるなど考えられないんだ。今までもこれからもアリアを愛することはないと断言して、部屋から追い出した」

「待って……今までもってどういうこと？　二人は恋仲だったんじゃないの？」

「は？　どこでそんな勘違いしたんだ？　アリアは国内で育つ植物の研究をしていたから執務上会うこともあったが、逢瀬をしたことなど一度もない」

「だ、だって、庭園で顔を赤らめたアリアが『次はいつお呼びいただけますか？』って……ゼノはちょっと気まずそうにしてたじゃない。だから、私はてっきりゼノがアリアを呼びつけて、その……」

「まさか、セックスでもしていると思ってたのか」

私が気まずそうにしているのをゼノは呆れ顔で見る。

うぅ……そんな顔で見ないでほしい。

「………うん」

「はぁ……。なんでそれだけで、そこまで話が飛躍するんだよ!?」

「だ、だって、魔族の男性は性欲が強くて、そういうことをするパートナーも複数人いるって聞いてたし！　ゼノはアレも大きいし、きっと定期的にそういうのも発散しなきゃいけないからなんだろうな……とか考えて……」

ゼノがずっと険しい顔をしている。

勘違いしたのは悪いけど、そんなに怒ることないじゃない……

「大体予想はつくが、それはどこから得た知識だ？」

「……ベルナよ。私の、専属侍女の」

「くっそ……あの女、余計なこと言いやがって……っ！　いいか、リリアナ。確かに魔族は性欲が強いが、複数人のパートナーを持つなんてごく少数派だ。あの侍女は侯爵家の令嬢でありながら、側妃などになったら一人としかエッチできないから嫌だ、と王宮侍女になることを選んだ根っからの変態だ。あんな令嬢はシルワ国ではあいつだけだ！」

ベルナが……根っからの変態？　あんなに人畜無害な容姿をしてる彼女が？　信じられない気もするが、彼女が普通ではないことはわかっていたことだ。

「……そ、そうだったのね」

「まったく……イズも甘やかすばっかりで、妹に常識というものをしっかり教えないからこんなことになるんだ」

でも、まだ気になることはある。

「でも、アリアの言葉に気まずそうにしてたのはなんでよ？」

「それは……だな。執務で呼んだ時に無理やり迫られたんだよ、抱いてくれって」

「おう……あのアリアが」

それはなんとも意外。彼女がそんな行動をするなんて。

「も、もちろん抱いたりなんてしてないからな!?　……でも、今思えば、それだけ側妃の座を手に入れるのに必死だったんだろう……。だから、アリアは俺から完全に拒否された後、リリアナのところへ行って、リリアナを害そうと公爵邸へ連れ出したんだ」

ゼノは悔しそうに眉を顰《ひそ》める。私を危険な目に遭わせてしまったことをまだ気にしているんだろう。でも――

「きっとそれは違うわ……。アリアは最初から私を傷つけるつもりなんてなかった。ちょっとした嫉妬心から私を驚かせたかっただけ」

「だが、王宮の薬室から彼女は毒物を持ち出していた。植物の研究者でもある彼女にはそれが容易にできた」

私はその言葉を受けてもなお首を横に振った。

「だとしても違うわ。……最初から彼女は自分で毒を呑むつもりだったの。私を助けに来たゼノの目の前でね」

「俺の前で？」

そう、彼女は馬車が到着するのを待ってから、お茶を淹れた。きっとゼノが私を迎えに来るのを予想していたんだろう。そして、ゼノの目の前で死ぬつもりだった。彼の記憶に自分を刻み付けるために。

「アリアにとっては、ゼノの側妃になることが人生の全てだった。でも、それが駄目になって……きっと彼女は絶望したんでしょうね。生きる意味を見失った彼女に残されたのは、死という選択肢だけだった」

「そんな大げさな。俺がいなくとも、彼女の周りにはたくさんの人が溢れているというのに」

「本当だよね。あんなに多くの人に愛される女性もいないと思うわ。でも、彼女には、ゼノが全てだったんでしょう」

「そうか……」

私たちの間に沈黙が広がる。ゼノは今、彼女のことをどう思っているだろう。ゼノは彼女を愛していなかったかもしれないけど、臣下として信頼していたからこそ、ショックも大きいはずだ。

私は努めて明るくゼノに言った。

「きっと大丈夫！　……彼女は強い子だから、また立ち上がってくれるわ！」

ゼノは一瞬ポカンとした後、はぁ～っと特大のため息を吐いてから、ハハッと小さく笑った。

「なんでリリアナはシルワに来て間もない上に、数回しかアリアに会ったことがないのに、彼女をそんなに信じられたんだ？　人をそこまで信じるだなんて人が好すぎる。これからもそんなに警戒心が低いなら、なかなかに俺は大変だぞ？」

「うーん、私が信じたのはアリアじゃない、ゼノだよ。ゼノが困った時には彼女を頼れって言ったんじゃない」

「そ、それはそうだが……」

「ゼノが信じた人を私も信じただけ。それに嫁いで間もない私が死んだら、外交面的にも問題でしょ？　それを口実に帝国が復興したシルワを妬んで攻撃してくるかもしれない。国をあんなに想っている聡明なアリアが、そんな危険を冒すなんて思えなかった。それにストラ公爵やアリアは、これからのこの国に必要な人だわ。こんなことで失っては、もったいないもの」

「リリアナ……」

私は人差し指を立てて、ゼノに忠告する。

「だから、絶対に処分なんてしちゃ駄目だからね！　二人にはこれからたっぷり国のために働いてもらうんだから」

「……わかったよ。だが、もう二度とこんなことをしてくれるな。心臓がいくらあっても足りない。……リリアナがお茶を飲んだ瞬間、俺がどんなに心配したことか。お前が話し出す一瞬の間、生きた心地がしなかった」

その時のことを思い返しているのか、ゼノの手が震えている。

私はその震えを止めたくて、私が生きていることを実感してほしくて、その手をぎゅっと握った。

「ゼノ……本当にごめんね」

「いや、俺もアリアの気持ちをわかっていたならもっと慎重に進めるべきだったのに、性急に事を進めすぎたせいだ。気持ちばかりが急いて、周りを見ることができていなかった」

「国の整備で今は忙しい時期だもん、仕方ないよ」

ゼノは国の整備を進めようと必死だっただけだ。そこに何の落ち度もない。

「違う。俺が急いでいたのは……リリアナとの結婚なんだ」

「……え？」

予想もしていなかった回答に頭がついていかない。動きの止まった私の手を取って、ゼノは私の前にもう一度跪《ひざまず》いて、左手の薬指にキスを落とす。

まるで私に愛を乞うようなその動作に、心臓が高鳴る。

「……リリアナ、愛している。俺の唯一の伴侶となり、この国を共に守ってくれないか？」

ずっと、ずっと欲しかった言葉に胸が詰まる。

でも、素直になれない私はふいと彼から目を逸らした。

「お、王太子妃になるって前から言っているじゃない……どうしたのよ、改まって」

最低だ。こんな可愛くないこと言いたくないのに、なんで素直に嬉しいと抱きつけないいんだろう。

それでも、ゼノは呆れることなく、私に愛の言葉をくれる。

「王太子妃になってほしいんじゃない。俺は、一人の男としてリリアナに求婚しているんだ。……どうか、王太子ではなく、ゼノ・コルシニオスという一人の男である俺を愛してほしいんだ」

切実なその声の響きに、胸が熱くなる。ゼノの言葉が、私の満たされなかった心を埋めていく。

しかし、同時に黒い感情が私を襲う。

「でも…………。私、怖いの」

「どうした？」

自分の感情に呑み込まれるのが怖くて、ぽろぽろと涙が零れた。

「……私、本当はまともに誰かに愛されたことなんてない。家族のみんなは病弱な愛らしい妹を可愛がってた、元婚約者にも捨てられた……愛の意味さえまともにわからない私が、ゼノを上手く愛せる？　もし上手くできなかったら、ゼノも私を捨てるの？」

「リリアナ……」

「そうなったら、今度こそ本当に耐えられない。ゼノの愛を一度受け取ってしまったら、私、きっともう手放してあげられない。愛を知らないからこそ、きっと私はゼノの愛に執着して――」

気付けば私はゼノに強く抱きしめられていた。

「俺も、同じだよ。いや……俺はたとえリリアナの気持ちが手に入らないとしても、もう手放してあげられない。好きなんだ、心から。誰かのことをこんなに愛しく想ったことはない。毎晩リリアナの夢を見て、毎朝リリアナが隣にいないことに酷く喪失感を覚える。……リリアナはもう俺の一部なんだよ。それをどうやって捨てろって言うんだ」

「ゼノの……一部？」

彼がグスグスと泣く私の頭を撫でながら、こくんと頷く。

「そうだ。俺はリリアナがいて初めて、ゼノとして、この国の王太子として、立つことができるんだ。リリアナがいたから、この国を導く決心ができた……強くなれたんだ。怖いなら怖いで構わない、一生をかけてリリアナの不安な心を俺で埋め尽くしてやるから」

彼の気持ちに胸がいっぱいになる。

ゼノは本当に私を愛してくれるの？　誰にも愛されていなかった私を？

「いいか？　今までリリアナが愛されていなかったとしても、それは俺から大きな愛を受け取るためだったんだ。俺の愛は特別大きくて重いからな。だから、リリアナ、覚悟しろよ？　溢れるくらいの俺の愛をお前に一生涯注ぎ続けてやる」

乾いた大地にみるみる雨が染み渡るように、私の心は安らぎを取り戻していく。私が今まで満たされなかったのは、ゼノの愛を受け取るため……そう思ったら、今までの自分が報われるような気がした。

「ふふっ……意外とゼノってキザなことばかり言うのね」

「ったく……こっちが真剣に口説いてるっていうのに。……で、結婚してくれるのか？」

そう言って、ゼノは私と額をこつんと合わせた。大きな黒い瞳は自信に満ち溢れている。

「もう、結婚するって返事しか許さないつもりのくせに。……私も……愛してるよ、ゼノ」

「当たり前だ」

私たちはそのまま口づけをした。一回優しいキスをして、また目を合わせて、二人微笑み合う。

……幸せだ。大好きなゼノが、その瞳に、その心に私だけを映してくれていることが。

「もういっかい」と私がキスをねだると、「あぁ、何度でも」とゼノがキスを与えてくれる。啄《ついば》むように、遊ぶように、私たちは何度も細かく口づけをする。

しかし、徐々にそのキスは激しさを増していった。私が舌を差し出すと、ゼノはそれを自分の口内でねっとりと味わう。そのたびに頭がぴりぴりと痺れ、身体から力が抜けていく。でも、私も彼をに気持ち良くなってほしくて、以前彼がしてくれたように上顎を舌で擦れば、彼から「ん……」と僅《わず》かな声が漏れた。そのお返しに食べつくすかのようなキスをされて、私はそのままベッドに押し倒された。

その勢いでガウンがはだけて、胸元が大きく露出する。彼の目が私を視姦《しかん》しているのが、わかる。

ゾクゾクと私の身体に興奮が満ちていく。

もっと、もっと見てほしい。

私はガウンの腰の紐を解いた。今、彼の目に映るのは、薄いネグリジェ一枚の私。

「……ゼノ、来て。たくさん、愛して」

「またそんな風に俺を誘って、悪い子だ。いいか……もう止めてやれない。覚悟しろよ」

「うん……ゼノの全部、私にちょうだい？」

ぎしっとゼノがベッドに乗る。足首にトンと指を置いてから、徐々に私の身体を上がっていく。膝、内もも……お腹、下乳……脇、鎖骨……首……唇。ネグリジェ姿の私をゆっくりと堪能するかのように、指一本を滑らせながら、私の官能を呼び起こしていく。

くすぐったくて、焦らされているようで、私は身体をくねらせた。

「や、あ……くすぐったい、よぉ。もっとちゃんと触ってぇ」

もっとその大きな手で余すところなく触ってほしい。

指一本じゃ足りない、全身をこすり合わせて、一緒に気持ち良くなりたい。

「そう焦るなって。最初から飛ばしすぎると身体が持たないぞ？　それにようやくリリアナの心も、身体も手に入ったんだ。このエロい身体を堪能させてくれ」

そう言うと、今度はゆっくりと全身に舌を這わせていく。舐められるたびに身体に細かな快感が満ちていくのがわかる。

気持ちいい……それでも、物足りない。彼は肝心なところは、どこもまともに弄《いじ》ってくれない。

「あ……ふぇっ、あ……ん。ゼノ、もっと強くしてよぉ」

「ほんとに堪え性がないな、せっかく手加減してやってるのに」

「もう焦らすのやだぁ。早くっ、はやくぅ」

「ふっ……、リリアナは快感に弱いよな。あー、ほんとエロくて可愛い」

ゼノはそう言うと、ネグリジェの前をはらりと開き、私の乳首をきゅっと摘んだ。

「あぁんっ！」

急に与えられた強い快感に私は甲高い声を上げた。

痛いくらいに勃ち上がった私の乳首をゼノがこねこねと弄《いじ》る。

「大きいのに感度抜群とか、どんなエロい身体だよ……っ。俺以外に絶対触らせるなよ」

「あっ、やっ……ゼノだけ、ゼノしか欲しくないの！」

「いい子だ」

ゼノはその回答に満足したらしく、ご褒美をくれるように私の乳首を口に含んだ。ジュッ……チュッ……と、水音を立てながら、夢中で私の胸を舐め、啜《すす》った。

絶え間ない刺激に身体の熱が高まり続ける。

「あっ、ゼノ、ゼノ……っ、あんっ！　好き、好きっ!!　あぁ！」

次の瞬間、子宮がきゅうっと痛いくらいに反応し、身体が跳ねた。私は必死に息を整えた。

しかし、ゼノは先ほど達したばかりの蜜口に手を伸ばした。下着の隙間からゼノの指が侵入してくる。

「ひゃっ、あんっ！　らめっ、まだ……」

彼が触った瞬間、クスっと笑った。

「リリアナ、胸だけで感じすぎ。びっしょびしょ、だぞ。はぁっ……洪水みたいだ」

彼は硬く勃ち上がった秘芽をこねる。最初に触れられた時に痛みを感じたそこも、今は酷く快感を覚える場所になってしまった。

彼は秘芽をこねながら、指を私の体内に沈め、中を擦っていく。あまりの気持ち良さに、悲鳴にも似た嬌声とチュプチュプという愛液の水音がゼノの部屋の中に響いた。再び高まっていく快感に私は叫んだ。

「やらっ……、あんっ！　ゼノ、とめてぇっ……イきたくないっ、よぉ!!」

あまりの快感に涙を流しながらそう訴えると、ゼノはその指を止めた。

「リリアナ、何がやなんだ？　俺はお前を気持ち良くしてやりたい」

ゼノは優しく私の目尻にキスを落とし、涙を吸った。

私は手を伸ばして、服の上からゼノのモノを触った。それは熱い。

「はぁっ……お願い。一緒に、イきたいの……。この、おっきいゼノの、で……私の中をいっぱい擦って？」

「……っ、俺と一緒がいいとか、どこまで可愛い奴なんだよ……」

ゼノは身に着けていた衣服を全て取り払った。彼の肉棒は硬く熱く勃ち上がり、先の方がてらてらと光っている。反り返ったそれで、擦られたらどんなに気持ち良いだろう……想像しただけで、私の愛液はまた溢れた。

私はそれを口いっぱいに頬張りたくて、ゼノの肉棒に手を伸ばした。が、それはゼノに阻止され、代わりに口づけを与えられる。

「ふっ、あっ……なんでぇ？」

するとゼノは私の耳元で囁《ささや》くように言った。

「今日は一滴残らず、リリアナの膣内に出したい……。抜かずに何度も共に繋がったまま果てて、リリアナの腹を俺の子種で満たしたい……いいだろ？」

想像しただけで子宮が痛いくらいに反応する。早く早くと身体が疼く。

「うん……私をゼノで満たして？　全部、私に……」

私の下着はいつの間にか取り払われていて、ゼノの肉棒がゆっくり挿入《はい》ってくる。浅いところをちゅくちゅくと刺激した後、私の膣壁を全て刺激しながら、ぐぐっと奥に進んでくる。やっぱりゼノのモノは大きくて、痛くはないけど、若干の息苦しさを感じる。

でも、それがより繋がっていることを実感できるようで嬉しかった。

「んっ、はぁっ……ん、ゼノぉ……。すごいおっきい……あんっ。いいよぉ」

「つやばい……。前回よりもリリアナの、俺のに馴染んで……はぁっ」

ゼノがゆっくりと腰を前後に動かす、そのたびに私の口からは嬌声が漏れる。腰を動かしながら、ゼノは私の乳房を揉みしだき、私の耳を舐めた。

耳を舐める音と、ゼノの熱い息遣い、それに「リリアナ……」と何度も私の名を愛おしそうに呼んでくれる。

私は嬉しくて胸が詰まって、でも嬌声を上げることしかできなくて、ただただ彼に抱きついた。

「リリアナ、リリアナ……っ、好きだ」

ゼノの腰の速さがどんどんと増していく。あまりの激しさに、二人の身体が離れないよう、ゼノの背中に私は足を回した。ゼノも強く強く私を抱きしめた。

彼と触れ合う膣内も、触れ合う肌も気持ち良くて、大きな波が私を襲う。

「あっ、はっ、ゼノ……っ！　私、わたし……あああぁっ!!」

「受け取れ、リリアナ……っ」

彼が私の最奥に吐精した瞬間、目の前が真っ白になる。お腹が熱い、重い。

まるで全力疾走をしたかのような疲労感と、まだびりびりと緩い快感が身体に残る。整わない息を必死に整えようと私が格闘しているというのに、ゼノは私の蜜口から肉棒を抜くことなく、私の顔や首、胸にキスを落とす。

「んっ……あ、あの、ゼノ？」

「どうした？」

彼はとろけるような視線と、また一つキスを私に落とした。うぅ……あ、甘い。

「えっと……挿入《はい》ったまま、なんだけど……」

「ははっ、もう忘れたのか？　抜かずに何度も共に繋がったまま果てようって言ったろ。リリアナも全部欲しいって言ってたじゃないか」

え……あれってそういう比喩なだけじゃないの……？　大体何度もなんて……

その時、ゼノが中に入ったままのそれで、ズンと奥を刺激した。

「ひゃあああんっ！」

「それだけ声を上げられるんなら、もう休憩は十分だな」

ゼノはそう言うと、私を持ち上げ、自分の膝の上に座らせた。もちろんあそこは繋がったままだ。

先ほどよりもゼノのモノが奥深く私に刺さる。目が合うと、彼はもう一度濃厚なキスを私にくれた。

私は彼の首に腕を回して、それに応える。深いキスをすれば、私の膣壁は嬉々として彼のものを締め付けた。

「ぷはぁ……っ、ん、ゼノ……」

「また欲しくなってきたろ？　リリアナが好きな奥、たくさん突いてやるから」

「あっ、そんな……っ、やぁあああ!!」

強すぎる快感が私を襲う。私はその刺激に腰を逸らしたが、それをいいことに彼は私の胸を舐め、刺激する。

おっぱいも、蜜口も、子宮も、全部、全部気持ちいい。

彼が私の全部を求めてくれているというその事実がより快感を増幅させた。

「ゼノっ、あんっ！　も、また、またっ……」

「あぁ、いくらでもイけ」

私の身体が細かくぶるぶると震えても、ゼノは動きを止めない。

「や、らめっ……とめてぇ!!　あ、あああぁ!!」

次々に来る快楽の波で、頭がおかしくなりそうだった。

こうして私は一晩中、彼の腕の中で啼き続けた。そして、約束通り、彼は全ての子種を私の中に吐き出したのだった。

▲▲　△△　▲▲

「リリアナ、起きろ。リリアナ」

私はゼノの声で目を覚ました。一瞬、ここはどこかと思うが、ゼノと繋がって、そのまま彼の部屋で寝たんだったと思い出す。顔を上げると、優しく私を見つめる彼の瞳があった。

「おはよう、リリアナ」

「……お……はよ」

声が嗄《か》れていて上手く話せない。ゼノがベッド脇にある水を飲ませてくれる。少し声が出るようにはなったが、話しにくいのは確かだった。

「リリアナ、すごい感じて、喘いでたからな。声が嗄《か》れちゃったな」

「無理だって訴えても、一晩中離さなかった誰かさんのせいじゃない」

「朝まで抱き潰さなかったんだから、褒めてもらいたいくらいだ」

ものすごい笑顔で、そんな恐ろしいことを言わないでほしい。

……魔族の性欲を舐めていた。結婚したら、ちゃんとルールを決めよう……じゃないと、私の身体がもたない。

「起こしてごめんな、リリアナ。父上から俺たち二人呼び出されてるんだ。身体も辛いと思うんだが、行けるか？」

　正直身体は重いし、ところどころが筋肉痛のように痛い。けど、陛下からの呼び出しに応じないなんてありえない。私は身体を起こした。

「それを早く言ってよ。この身体のままで行くわけにはいかないし、急いで湯あみをしなきゃ！　部屋にも帰って着替えなきゃだし、早くベルナを呼んで――」

　こんな時、部屋が遠いことをもどかしく感じる。でも、正式に発表されるまでは仕方ないか……と思った時、ゼノが私を後ろから抱きしめ、首筋に軽くキスをする。

「大丈夫だ、リリアナ。小さいがこの部屋にも浴室はある、ここで浴びたらいい」

「え、ほんとに？　ありがたいわ！」

「それに、リリアナの部屋は、今日からそこだ」

　ゼノが指を差した先には、出口とは違う白い扉が一つ。

「あれは何？」

「あれはリリアナの私室だ。もう侍女も待機しているはずだし、中身も全てこっちに移動した。ついでにあっちの扉は俺の執務室。そして、ここは俺の私室……兼、俺たち二人の寝室だ」

「わ、私たち二人の……」

「そうだ。早くこうしたかった。ようやく準備が整ったんだ。これからは毎晩リリアナを抱きしめて、毎朝リリアナの寝顔で目覚められる」

　ゼノがぎゅうっと背後から私を抱きしめる。彼が私を迎え入れる準備をずっと進めてくれていたという甘い事実に、胸がきゅうんと高鳴った。

「……ありがとう、ゼノ。嬉しい」

振り返って、彼にキスを贈ると、激しさを増して返される。ついそのままベッドに押し倒されそうになるが、私は彼の胸をどんどんと叩いた。

「んっ……はぁ、だめっ。ゼノ、陛下のところに行かないと……！　早くシャワーを――」

すると、ゼノは私をぐっと抱き上げた。

「ひゃあっ！」

突然のことに私が声を上げると、彼はそのまま私を浴室に連れていく。

「ゼ、ゼノ？　わ、私、一人で入れるのだけれど……」

ゼノは浴室の扉をばたんと閉め、私を立たせた。シャワーの蛇口を捻ると、温かいお湯が出てくる。

「二人で入った方が早く終わるだろ？　それに……」

ぐぽっとゼノは私の蜜口に指を挿入し、くちゅくちゅと中を弄《いじ》る。

「あ、あ、やっ、はぁっ……！　な、なんで……っ」

「俺のをこんなに溢れさせていったら、下着もドレスも汚れちゃうだろ？」

「で、でも……陛下がっ、待って……。あっ！」

ゼノは私の片足を持ち上げると、蜜口に肉棒を添えた。

「今は父上のことなんて忘れて、俺で満たされてろ」

「まってっ、あ！　らめぇえっ！」

ずぷぷっと何の抵抗もなく、私の蜜口はゼノの肉棒を呑み込んだ。

「俺ので、全部掻き出してやるよ」

「あっ、ゼノっ……あっ、あぁーっ!!」

昨晩散々注がれた白濁がぼたぼたと滴り落ちる。しかし、しばらくしてまた新たな白濁をゼノは私の中に放つのだった。


「もう、本当に信じられない！」

結局ゼノのせいで、支度にすっごく時間がかかってしまった。準備をするベルナもさすがに苦笑いしていた。

ベルナは変態だとゼノは言ったけど、ゼノの方がよっぽど変態だ！　昨晩もあんなにしたのに、今朝だって私の中に……そう意識すると、どろっと蜜口から出てきそうになる。私はきゅっと蜜口を締めた。下着もドレスも白濁まみれにするわけにはいかないもの。私は気を引き締めて、扉の前に立った。

ゼノは先に支度を終えて陛下のところに向かったから、中で待っているはずだ。私は謁見室の扉をノックした。

「陛下、リリアナでございます。失礼してよろしいでしょうか？」

「あぁ、入ってくれ」

中に入ると、そこには陛下とゼノ、そしてストラ公爵がいた。

「遅れまして、大変申し訳ございません。準備に少し手間取りまして——」

「大丈夫だ。この馬鹿息子がそなたに無理を強《し》いたのだろう。気にするな」

「……あ、ありがとうございます」

どう無理を強《し》いたのかまでは、知られてませんように。

「さて、今日リリアナを呼んだのは、アリア嬢の処分について相談するためだ。まず、ストラ公爵から今回の顛末について説明を願おう」

ストラ公爵は最初に私への謝罪を行った後、アリア嬢から聞き出した動機やその日の行動について話し出した。内容はほとんど私が想像していた通りのもので、結論から言うと、彼女はゼノの目の前で自死するつもりだったとのことだった。しかし、今は平静を取り戻し、この罪を一生をかけて償いたいと言っているという。

終始緊張しながら話すストラ公爵からは誠実さが伝わってきた。いかにストラ公爵がこのシルワ国を思い、忠臣として尽くしてきたかがわかる。

「ゼノには既に伝えましたが……私は、アリア嬢に罪を問うようなことはしてほしくありません。彼女が今まで通り国のために尽くし、行動することを望みます。それに今のストラ公爵の説明からもわかるように、実際、彼女は私に危害を加えようとなんてしていません。ちょっとした嫉妬心で私を驚かそうとしただけです。なのに、どうして罪に問うことができるのでしょう」

そう話す私に険しい顔で陛下が問う。

「しかし、自分の刑を軽くするために嘘をついてるやもしれん。そなたが言うように無罪にしたとして、彼女が再度良からぬことを考えるとは思わないのか？」

「いいえ、誇り高きシルワ国唯一の公爵令嬢である彼女が、この期《ご》に及んで嘘をつくなどありえません。でも、もし彼女が良からぬことを考えたなら……その時は私には人を見る目がなかったということですね」

「……そう、か。わかった。リリアナ、そなたがアリア嬢を許すと言うならば、私たちはそれに従おう。しかし、そなたはもはやこの国にとってなくてはならない存在。その安全を保障する意味でもアリア嬢は今後十五年間、王宮への出入りを禁じる。それだけは許してくれるな？」

「陛下のお心のままに」

私は陛下の決定に従った。陛下は私の返事を受けて、ストラ公爵に言い渡した。

「では、ストラ公爵……アリア嬢は今後十五年間、王宮への出入りを禁じる、良いな？」

「はっ。……陛下、王太子殿下、そして王太子妃殿下、皆様の寛大な処置に心から感謝申し上げます。娘と一緒に、今度こそこの命を賭して、全身全霊でお仕えさせていただきます……！」

そう述べたストラ公爵の声は今にも泣き出しそうに震えていた。娘を処刑などで失わずに済んだ安堵感だろうか……。その様子だけで公爵がどれだけアリアのことを想っているのか、伝わってくる。きっと公爵が側にいればアリアは大丈夫だろう、そう思えた。

ストラ公爵が退室すると、陛下はふぅっと息を吐いた。

「まったく……何が起きるかわからんな……。あのストラ家から王家を害するものが出てこようとは」

その声には寂しさが滲む。ストラ家は今まで、王家を忠実に支えてきた家門なのだろう。

「だが、感傷に浸っている暇はない。……そなたらに重要な話がある」

「重要な話、ですか？」

「あぁ……今朝がた入った情報なのだが……帝国が軍隊の準備を始めているらしい。しかも、その目的地は……ここシルワ国のようなのじゃ」

ひゅっと息が止まる。

……帝国が攻め入ってくる？　シルワに？

「帝国が⁉　父上、それは確かなのですか？」

ゼノも信じられないというように前のめりで陛下に尋ねるが、陛下はコクリと頷いた。

「あぁ、残念ながらその可能性が高い」

「同盟国を攻め落とそうとするなんて、どこまで卑怯なの……」

私は怒りでぐっと拳を握った。信じられない。何のための同盟国だというのだろう。散々ただで戦力と精霊石を提供させるなどシルワ国を都合良く利用しておいて、シルワ国が力をつけ始めたら、それを芽のうちに潰そうとするなんて……

「帝国は私たちを同盟国ではなく、隷属国として見てる……ということだな」

「くそっ。帝国の規模で攻め入られたら、さすがにまずい。実力はこちらが上でも兵数が違いすぎる」

ゼノが悔しそうに唇を噛む。その表情から事の深刻さが伺えた。

「どれくらい……違うの？」

「帝国の持つ兵数は、少なく見積もってもシルワ国の四倍だ」

「四、倍……」

思っていたよりもずっと大きな兵力差に愕然とする。

「真正面から戦ってもまず勝ち目はない。……くそっ！　どうすれば!?」

陛下は迷うように少し間を置いて……口を開いた。

「……そこでなんだが、二人にお願いがある」

「お願い、ですか？」

「あぁ。どうかエルフ国へ行き、援軍を頼んできてほしい」

「で、ですが……エルフ国とは国交が途絶えていますし……」

そうは言ってみたものの、陛下の顔は真剣そのものだった。

陛下はシルワの貿易の復興を諦めてはいないんだ。

「今回、帝国が攻め入ってくるという情報を得て、獣人国とエルフ国に手紙を出しておいた。獣人国は少し考えさせてほしいと返答があり、エルフ国は話だけなら聞いてやっても良いということだった」

「もしかして助けてくれるってことじゃあ!?」

私は予想外に好感触な反応に喜んだ。しかし、それもつかの間、陛下が首を横に振る。

「……物事がそんなに上手く運ぶとは思わぬ。しかも、先方は今回交渉役としてリリアナを指定してきた。国同士の交渉だというのに、シルワ国に来て間もないリリアナを交渉役に指定してきたことには何か裏があるようにしか思えん」

確かに、そうなのかもしれない。でも、私にできることならなんだってしたい。今回も何もできずに部屋で待っているなんて嫌だから。

私が喜んで行かせてほしいと陛下に返事をしようと口を開きかけた時、ゼノが声を上げた。

「リリアナを行かせるのは危険です。俺は断固反対します！」

「では、ゼノ。そなたには他の案があるのか？　この国を守る策が」

「……そ、それは……俺たち騎士団が必死で戦って――」

「馬鹿者!!」

ゼノの返事を陛下が一喝する。普段は優しく身体が弱い方なのに、その喝は王の威厳を感じさせるものだった。

「騎士団の指揮権を持つお前がそんなに無謀でどうする!?　お前の策は騎士団の奴らに一緒に死んでくれと命ずるようなものだぞ！　騎士としての実力は、確かにシルワの方が上かもしれん！　だが、奴らは数以外にもシルワには手に入れられないような武器を有している可能性がある。そんなこともわからんお前じゃないだろう!?」

「……しかし……っ」

ゼノは苦悶の表情を浮かべている。何も言わないゼノを見て、陛下がため息を吐いた。

「はぁ……そなたがリリアナを心配してそう言っているのはわかっている……。しかし、今できる最善の策は、リリアナにエルフ国との交渉をお願いすることだ。確かに心配事は多いが、精霊士である彼女をエルフ国が害するとは思えん。であれば、多くのシルワの騎士が血を流すことになる前に、そうならないよう努力するのが我ら王族の務めではないのか？」

ゼノの拳がぎゅっと握られる。彼がどれだけ私を想ってくれているか、わかっているつもり。けれど、私だって何かしたいんだ。ゼノが血を流す前に。

「ゼノ、陛下の言う通りだわ。私を本当に王太子妃として認めてくれるのなら、私に王族としての務めを果たさせて。私だって温かさに溢れたシルワの国民が血を流すところなんて見たくないの」

「だが……っ」

「それに陛下は私たち二人にって言ってくださったわ。私をゼノが守ってくれたら、こんなに心強いことなんてない。私、人間である私を受け入れてくれた優しいこの国が大好きなの。ここでずっとゼノと暮らしていきたい……ここを守りたいの。私にできることなら何でもしたいと思っている。だから、一緒にエルフ国へ行って？　お願い」

私はゼノの両手を握って、その瞳を見つめながらお願いした。

「そ、そんな熱心に見つめるな！　…………リリアナの気持ちはよくわかったよ。一緒にエルフ国へ行こう」

「やったぁ！」

「だが、片時も俺から離れることは許さないからな！」

「もちろん！　ありがとう、ゼノ！」

それを傍らで見ていた陛下がかかかっと笑う。そして、一言。

「ゼノもすっかりリリアナの虜だな」

「……父上、余計なこと言わないでください」

ゼノは恥ずかしそうに俯いた。

その姿さえも可愛いなって思えてしまうんだから、とっくに私の方がゼノの虜なのに。

▲▲　△△　▲▲

「あいつらが言うことを聞かないのがいけないんだ。同盟国ではなく、今度は隷属国にしてやる……！」

僕はガジガジと爪を噛んだ。

最近、シルワ国のせいで、何もかもが上手くいかない。精霊石が手に入らないせいで、王宮の施設はいまだにまともに動かないし、シルワは大地が復活したことで帝国の食糧を買わなくなった。

そのイライラを全部マーガレットにぶつけていたら、彼女は壊れてしまった。

「これも全部……リリアナのせいだっ!!」

あの女の僕を見下したような態度が脳裏に浮かび、僕は執務机の上のものを床にぶちまけた。それをキャズが静かに拾っていく。

「おい、キャズ、軍隊の編成はどうなっている？」

「町のごろつき等も採用した結果、騎士団の規模は以前より大きくなりました。しかし、彼らがすぐに実戦で戦えるとは到底思えません。人数を増やすことに意味があるでしょうか」

「また得意の説教か。……まぁ、いい。人数を増やせば、相手への威嚇くらいにはなるだろう。別にチンピラ共が死んだところで、帝国は痛くも痒くもない。最初に突進させて、シルワ騎士団の体力を奪うことができれば十分だ。それより、例の娘は手配できているな？」

「……はい、ブルーズ様に言われた通り、偽の手紙を渡しておきました」

「よし。ははっ……！　もう少しであの女の泣き顔を拝んでやる。そして、シルワを隷属国とした暁《あかつき》には、リリアナを俺の最初の奴隷として可愛がってやろう……」

リリアナが泣きながら奉仕するところを想像し、僕は身体の芯を滾らせた。

第五章　エルフ国の伴侶

　エルフ国との国境まで行くと、エルフ国からの馬車が迎えに来ていた。細かな意匠がこらしてある立派な馬車に乗り込む。シルワはもちろん、帝国でも見たことのない素晴らしい馬車から、エルフ国の国力を早速思い知らされる。乗り心地がまず違う。

「ゼノ、ほら！　馬車の座席がふわふわ！　これならいくら乗ってもお尻が痛くならなそう……！」

「リリアナ、落ち着けって。ここからはエルフ国なんだ。慎重に、落ち着いて行動しろ」

　そう言って、ゼノは険しい表情を崩そうとしない。

　……せっかくのゼノとの遠出だし、少しでも楽しみたいと思ったのは私だけだったのかな。まぁ、確かに国務なのにはしゃいだ私も悪いけど。

　そのまま車内には沈黙が満ちたまま、しばらく走る。そして、シルワ国とエルフ国を隔てる鬱蒼とした森を抜けると、エルフ国の街並みが車窓に映った。馬車から見るその景色はとても美しい。

「わぁ……ここがエルフ国……」

　ちゃんと街並みは整備されているにもかかわらず、自然との調和を大事にしていることが見て取れた。自然を損なうことなく、エルフ国が発展してきたことがよくわかる。私は車窓からずっと外を見ていた。流れていく景色がまるで一つの風景画のようだ。その美しさにため息が漏れる。

「はぁ……美しい国ね、とても素敵だわ……」

純粋な感想を言うと、ゼノがふいっと顔を背ける。

「そんなにいいか？　俺にはわからないな」

「なんでさっきからそんなに機嫌が悪いの？　多少はしゃぎすぎたかもしれないけど、私そんな悪いことしたかしら」

「別に機嫌を悪くなんてしてないない」

「そんな顔で言われても説得力ないわよ。眉顰《ひそ》めて、怖い顔してさ」

「怖い顔で悪かったな！」

完全にゼノはへそを曲げてしまったようで、腕組みをしてもう話す気はないというように目を瞑っている。シルワ国の入口から幸先の悪いスタートだ。喧嘩なんてしたくなかったのに……

私たちはそれ以降口を聞くことなく、エルフ国との待ち合わせ場所まで向かった。

今回会うのは、エルフ国の王宮ではなく、シルワとの国境付近にあるエルフ王家の別邸だった。エルフ国の説明では、王宮まで来てもらうとなると馬車で数日かかってしまい申し訳ないので、国境付近で会おうということになったのだ。王宮ではなく、国の外れの別邸での会談という点からして、あまり歓迎されていないのかと勘ぐっていたが、そんな予想は見事に外れた。

「シルワ国の若き太陽と美しき月にこうしてお会いできるなんて、非常に光栄です」

そう言って、私たちに微笑みかけるのは、エルフ国のノーツ陛下だった。ノーツ陛下は、長い銀髪に銀の瞳、中性的な美しい顔立ちをしていて、最初に拝見した時は女性かと思ったくらいだ。柔らかな微笑みを常に浮かべる穏やかな方で、私たちへの敵意は全く感じられなかった。

……ゼノは、陛下が挨拶で私の手の甲にキスしたことが気に食わなかったらしく、信用ならない、なんて耳打ちしてきたけど。

ノーツ陛下は私たちのためにエルフ国の外れまで快く来てくださった上に、ささやかですが……と言いながらも、その日の昼食では歓待パーティまで催してくれた。私たちの目の前には、見たこともないほど豪勢な食事が並べられ、舞台では美しいフルートの演奏と共にエルフ国自慢の麗しい踊り子たちの舞が繰り広げられていた。

「どうですか？　お二人にも楽しんでいただけていると嬉しいのですが」

ノーツ陛下が笑顔で私たちに話しかける。

「素晴らしいですわ。エルフ国では芸術の発展にも力を入れているんですね」

「えぇ。芸術は人々の心を潤し、日常に活力を与えてくれます。エルフ国では若手の芸術家を育てるために、定期的な支援と才能の発掘をしているんです。先ほどの踊り子たちはもちろんなんですが、フルートを演奏してくれていた彼女も若手の演奏家でして。今日は初舞台なんです。立派なものでしょう？」

「えぇ、とても澄んだ素晴らしい音色でした」

「実は彼女は先天的な病で目が見えないのですが、そんな困難にも負けず、素晴らしい演奏家になってくれました。私はそういう国民にも手を差し伸べていきたい……。ほかにも貧富の差を少なくするために――」

ノーツ陛下は、エルフ国でのそのほかの取り組みについても私たちにもわかりやすく説明してくれる。その話からは国を大切に思い行動していることが伝わる。ノーツ陛下は悪い人じゃなさそう。

その時、どこからか子供の泣き声のようなものが聴こえた。ヒックヒックと啜《すす》り泣く声が微かに聴こえる。周りを見渡しても、泣いている人も子供もいないのに……。私は不思議に思ったものの、空耳だろうと、それ以上気に留めることはなかった。


夕方からノーツ陛下との会談が始まった。緊張の面持ちの私たちとは真逆に、ノーツ陛下はこんな時まで微笑みを浮かべている。

まず、ゼノがシルワと帝国の関係性から説明を始める。そして、帝国が今、兵を準備していること、シルワ国の兵力じゃ帝国に太刀打ちできないこと、エルフ国からの助力をお願いしたいと一連の説明を行った。ノーツ陛下は、それをただ静かに聞いていた。ゼノが話し終わると、陛下は口を開いた。

「シルワ国の現状はわかりました。しかし……お断りさせてください」

「な、なんで……」

私は予想外の返事に唖然とした。ノーツ陛下の反応から十分助力が得られると思っていたからだ。良心を持っているようだったし、私たちにも良くしてくれていたから……

私の表情をちらと見て、ノーツ陛下は淡々と話す。

「帝国が悪で、あなたたちが善。そう思っているのでしょうが、私たちからすればどちらが正しいかは大きな問題ではないのです。確かに私たちが助力すれば、帝国を退けられるかもしれません。ですが、私たちにあなたたちを助けるメリットがありません。得るものが何もないのに、自国民を危険に晒すわけにはいかないのです」

「メリットがあれば、検討していただけますか？」

すかさずゼノが尋ねる。すると、ノーツ陛下は顔にまた微笑みを貼り付けて、答えた。

「えぇ、検討しましょう。しかし、エルフ国は自国の物で全てをまかなえています。今更精霊石や農産物といったものなどいらないのですよ。私たちが欲しいのは、失った過去の奇跡……そう、精霊士などがもしシルワ国に現れているのならば……その方を差し出してくださるのならば、喜んで助力いたしましょう」

「……精霊士」

ノーツ陛下が私を見ているのが、わかる。

もうこの人にはばれているんだ……背筋に悪感《おかん》が走る。

ゼノはそれでも平静を保ったまま、質問を続ける。

「仮にシルワに精霊士がいたところで、風の精霊の加護を受けるエルフ国に来ても何の意味もないと思いますが、精霊士をどうするおつもりですか？」

「私の伴侶にします」

「伴侶っ!?」

私があまりの驚きに声を上げる。隣にいるゼノは、机の下で私の手を強く握った。

「えぇ、エルフ国の長は代々精霊士を伴侶としてきました。しかし、今やエルフ国内には精霊士は存在しません。精霊士を伴侶としてきた先代からは半端者だと笑われ、私は長年この国を一人で束ねて参りました……。精霊士を得ることができれば、私も正真正銘のエルフの長となることができるのです。精霊士の方に風の精霊と会話する力があるかどうかは関係ありません、精霊士というその存在が私には重要なのです。……精霊士の方も貴国よりわが国にいた方が豊かに安全に過ごせると思いますけどね」

ノーツ陛下はそう言って、私に笑いかける。

今までの手厚い歓待は私に自国の豊かさを見せつけるためだったんだ……。一体どうしたらいいの……？　不安からか、身体が冷えていく。

その時、繋いでいた手がスッと離された。すると、ゼノは立ち上がって、深々とノーツ陛下に頭を下げた。

「……申し訳ありませんが、どうしてもシルワの精霊士を差し出すことはできません。彼女は、シルワの国にとってなくてはならない人です。それ以外のものであれば何でも差し出しましょう。ですから、どうか、どうか……シルワ国を助けてくださいませんか？」

ノーツ陛下はゼノを感情の見えない冷たい表情で見つめた。

ゼノはなおも頭を下げ続けている。……その姿に胸が詰まる。

「なんとも都合の良い話ですね。話になりません。貴国がわが国に差し出すことができるのは精霊士のみ……それ以外は受け入れることなどできません。それを了承できないのであれば、この話は決裂です」

ノーツ陛下は無情にも席を立った。私は、思わず陛下の行く手を阻んで訴えた。

「ノーツ陛下っ！　どうかお願いです！　シルワ国民の命がかかっているんです！」

「あなたは、美しいですね。異種族のためにそんなにも心を痛め、涙まで浮かべて……」

ノーツ陛下は私を見て、微笑んだ。そして、なぜか少し寂しそうな顔をした。

「……もし、その瞳の奥の光が――」

「ノーツ陛下……？」

彼の手が私の頬に伸びてくる。私は彼の切実な表情が気になって、動けない。

「陛下っ!!」

ゼノの大声ではっとする。気付けば、陛下と私の間にはゼノが立っていた。

「私の妻に、触れないでいただきたい」

「……ははっ。これは失礼しました。あまりにもリリアナ様が美しかったもので。ですが……」

ノーツ陛下はゼノの耳元で挑発的に呟いた。

「まだあなたの妻じゃないでしょう？　あなたが国と愛……どちらを取るか見ものですね」

ゼノが固く固く拳を握る。私は唇を噛みしめて、俯くことしかできなかった。


その晩は、もう遅い時間ということからエルフ国に滞在させてもらうことになった。湯あみも終え、身体はさっぱりしたが、気持ちは晴れない。それもそうだ。エルフ国からの援軍は断られたし、こうしている間も帝国が着々と出兵の準備をしていると思うと、気が重い。

シルワ国の人たちの顔が浮かぶ。シルワ国に来て、そう長い時間は経っていないはずなのに、みんなが本当に愛おしい。愛されない私に微笑んで、受け入れてくれた人たち……。それにシルワ国は将来アイナが守護する土地。その土地が侵略されたら、彼女はとても悲しむだろう。精霊は土地に加護を与えることしかできない。今回の件は、アイナも憤っていたが、精霊は人を傷つけることはできないから、今回の件は私たちの力で解決するしかないのだ。

どうしたらいいのか……わかっている。私がエルフ国に嫁げばいい。

本当は嫌だ、ずっとずっとシルワ国で暮らしたい。豊かじゃなくても、ドレスの数が少なくても、毎日野菜くずのスープだっていい。

だって、私はシルワ国が、シルワ国の人たちが好きだから。それに——

「ゼノ……。ゼノと離れたくない……。ゼノの、妻になりたいよぉ……っ。グスッ……ヒック……ッ」

すると、その時、扉の方から声がした。

「ばーか」

そこには扉にもたれかかり、こちらを見ているゼノがいた。ゼノもいつの間にか湯あみを終え、帰ってきていたようだ。彼は穏やかな笑顔で私に近づいてきて、隣に座ると私の額にキスを落とした。

「まったく、リリアナは頭がいいのか馬鹿なのかわかんないな。そんなところも含めて、全部可愛いけどさ」

「ば、馬鹿ってなによ……」

「……自分がエルフ国に嫁げば、全部解決するって考えていたんだろ？」

「そ、それは……」

思わず目が泳ぐ。ゼノは呆れたようにため息を吐いた。

「そんなことを考えるから馬鹿だって言ってんだよ。できるわけないだろ、そんなこと」

「できるわけないってどういう――」

「そんなに泣くほど、俺のことが好きなくせに」

「……っ！」

ゼノは熱い眼差しを私に向けたまま、手を取ると、甲にキスを落とす。心臓がドクンと跳ねるのがわかった。この人はなんでこんなにも私の心を捕らえて離さないんだろう……

「もちろん、リリアナだけじゃない。俺も心底リリアナに惚れている。もう手放してやれないって言ったろ？」

「ゼノ……」

ゼノは私を抱きしめた。彼の腕の中は涙が出るほど温かくて、優しかった。

「大丈夫、国のことは何とかなるさ。俺たちだけじゃない。父上だって何とかしようと奔走してる。イズだって、ストラ公爵だっている。それに精霊姫様も考えてくれてるんだろ？　だから……もう、全部一人で抱え込もうとするな。リリアナ一人が犠牲になる必要なんてないんだ。みんなで守ればいい、俺たちの国なんだから」

胸が……いっぱいになる。それが涙となって、また溢れ出てきてしまう。

「うっ……じゃ、じゃあ、私はゼノの側にいていいの……？　国の安全と引き換えにエルフ国に行けって言わないの？」

「言うわけないだろ。リリアナの定位置は、これから先、ずっと俺の隣だ。一生離さない」

本当はどこか不安だった。国のためにエルフ国に嫁いでくれって言われるんじゃないかって。それだけゼノが国を想っていることを知っていたから。でも、ゼノの口から『一生離さない』って言葉を聴いて、緊張から解き放たれた私はまるで子供のように泣いた。

「うっ……ふぇ～んっ!!」

「わかった、わかった。不安にさせて、ごめんな……」

ゼノはそう言うと、まるで子供をあやすように抱きしめながら、ずっと私の頭を撫でてくれた。

子供の頃だって、こんな風に泣きじゃくったことなんてなかったのに、ゼノの前では不思議と思いきり泣けた。泣いても抱きしめてもらえなかった幼少期の私まで、彼が抱きしめてくれているようで私は心から安心したのだった。


「落ち着いたか？」

「……うん。大変失礼しました」

私は結局、あの後もワンワン泣きじゃくった。今まで我慢してきた涙を全て出したんじゃないかと思うくらい泣いた。

ゼノには可愛く見られたいって思ってるのに、こんな姿……本当に恥ずかしい……

「くくっ。すげー顔。目が真っ赤。ほら、鼻も」

でも、ゼノは、私の洟まで拭ってくれる。色気も何もあったもんじゃない。出会った時とは立場が逆転している気がする……ゼノはどんどん大人っぽくかっこよくなっていくのに、私はどんどん幼くなっている気がする。シルワに来る前は歳相応の大人だったはずなのに、いつからこんな風になってしまったんだろう。

ゼノが私に笑いかける。その顔は呆れているでも、失望しているでもなく、私への愛おしさで溢れている。彼の優しさと、愛情の深さにまた胸が苦しくなる。好きで、好きで、たまらない。

「ありがとう……」

「どういたしまして。……でも、リリアナはもう少し自分の気持ちに素直になるというのを知った方がいいな。リリアナはお願いするのが苦手だろう?」

「そ、そんなことないと思う……。今までだって、あれしたい、これしたいってお願いしてきたじゃない」

「それは国のために、だろ?　リリアナは自分自身のためにお願いするのが苦手なんだ」

ゼノが私の頭を撫でながら、言う。まるでしたいことを言っていいと許されているようで……。

でも、私はふいと顔を逸らした。ゼノといると、どんどん駄目になっちゃいそう。

「そ、そんな甘やかさないでよ」

「俺はリリアナの夫、になるんだぞ？　妻を甘やかしてやりたいと思って何が悪い？」

ゼノは私の髪を一房取ると、そこにキスを落とした。

「で、でも……」

「ったく。強情なところも可愛いが……せめて、ベッドの上だけでも素直になれるよう躾けてやらないとな」

突然ゼノにベッドに押し倒される。

彼は私に跨《また》がり、見下ろしながら、ゆっくりと私のガウンの紐を解いた。空気がひやっと鎖骨を撫でていくのに、私の身体は熱く疼いた。

「口ごたえはするなよ？　元はと言えば、リリアナが俺から離れようと馬鹿なことを考えたのがいけないんだ」

「え？　ひゃっ、ん……」

彼が首筋をゆっくり舐める。その舌はだんだんと降りていって、鎖骨を丁寧に舐めた。ゾクゾクと身体の熱が溜まっていく……

「それに、リリアナがエルフ国の街並みやものを見るたびに嬉しそうにするから、俺は気が気じゃなかった」

ゼノの方こそ馬鹿だ。私がシルワから……ゼノから離れたいと思うはずないのに。

「だから、リリアナがシルワを……俺を選んでくれて、どんなに嬉しかったか……。ありがとな」

そんなこと当たり前なのに。でも、素直な彼が可愛いくて、愛しかった。

彼は舌で優しく舐めたり、軽くキスを落とすばかりで、求めている刺激には届かない。もっと触ってほしい。今日はゼノのことしか考えられないくらい、激しくしてほしいのに……

「はぁ……ゼノ……」

「なんだ？　なんか言いたげだな？」

私の下乳を舐めながら、妖艶な視線をこちらに送る彼は、どこか意地悪だ。

「もっと……ねぇ、お願い……」

「そんなんじゃわかんないな。してほしいことがあるなら、具体的に言わないと。素直にって言ったろ？」

「……っ、言えない。恥ずかしいよ……」

痛いくらい激しくして、なんて。

「そうか？　……俺は一秒でも早くリリアナの中に入って、一つになりたい。何度も俺のでリリアナの中を隙間なく擦って、膣内を俺の子種で染め上げたい」

そう言って、ゼノは私のお腹を舐める。その奥にある子宮が痛いくらいに疼いた。

「リリアナの中に入って、境目もないくらい、二人で一つになりたい。何度も何度も愛を確かめて、朝はリリアナの中で目を覚ましたい」

今度は私の内ももを舐める。彼の柔らかい髪が蜜口をふいに擦って、私は嬌声を上げた。

「それに今はこの勃ち上がった可愛い蕾を舐《ねぶ》って、吸って、リリアナがイくところを見たい」

ゼノは、そう言うと私の秘芽にふぅっと息を吹きかけた。

もう、私の理性は崩壊寸前だった。私の蜜口からはだらだらと愛液が溢れ、ひくひくと肉棒を欲しがる。それでも、彼はあくまでも私の言葉を待つつもりのようで、私の腿《もも》や下腹部にキスを落とすばかりだ。

「リリアナ、エロいな。まだ肝心なところは触ってないのに、愛液がシーツまで染みてる」

「やぁっ、言わないでぇ……」

「快感が欲しいのに言えなくて身体を捩るその姿も可愛いが……まだ意地を張るつもりか？」

「お願い、お願いだからっ……」

徐々に羞恥心が、緩く与えられる快感に塗りつぶされていく。

「リリ、素直になれ」

もう無理だった。羞恥など捨て、ゼノを感じたかった。

「キス、して。……胸を触って……乳首を舐めて、齧《かじ》って……っ」

クスっとゼノは笑った後、私の言う通りの快感を与えてくれる。彼の唇が与えられて、私はそれに縋った。口を開けて、彼の舌を迎え入れると、嬉々として自分の舌を絡ませた。

その間、ゼノは私の胸に手を伸ばし、愛撫を始めた。さっき散々焦らされて、勃ち上がった私の頂も強く捏ねられる。待ち望んだ刺激がようやく与えられ、私は悦びの声を漏らした。

「ふあぁっ!!」

ゼノは満足そうに私から唇を離すと、胸に顔を埋めた。彼は私の谷間に浮かぶ汗さえも嬉しそうに舐めた。そんなところ、恥ずかしいと思うのに、彼が全てを愛してくれている証明のような気がして嬉しくなってしまう。

彼は私のお願い通り、左の頂を口に含むと丁寧に舐めた。私の勃ち上がった乳首の根本に舌を添わせるようにして……。右の頂も左を舐める舌と同じように指で刺激する。右も、左も、どちらも舐められているような錯覚に陥る。

「あっ……はぁっ、きもちい……っ。……あぁあっ！」

私は急に与えられた強い刺激にイった。不意にゼノが私の頂を甘噛みしたのだ。けれど、彼の愛撫の手は止まることなく、今度は優しく私の胸を弄《いじ》る。

「胸だけでいいのか？　もじもじと足をすり合わせてるが、もっと欲しいところがあるんじゃないのか」

「…………っ、中に……欲しい……」

「これか？」

ガウンの下に隠れていたゼノのモノは、反り返り、なんとも凶悪な形をしていた。こんなので突かれたらきっとおかしくなるだろうと予想はつくのに、それでも、私の中にそれを収めたくて仕方ない。私の中からはもう羞恥なんてなくなっていた。あるのは、ゼノと深く繋がりたいという想いだけ。

「私の中に、ゼノの……その、おっきいの挿入れてぇ」

私は自分で胸を揉み、秘芽を弄《いじ》りながら、愛液したたる蜜口にゼノを誘った。

ゼノは、ニイっと笑いながら、荒い息を吐く。

「このビジュアルだけでやばいな……。これを引き出したのが俺だと思うと……滾る」

ゼノの先端も私のように濡れていた。彼も、私と同じように繋がりたいと思っているのが嬉しい。

「はやくっ、きてよぉ……！　奥まで叩きつけるように犯してぇ……っ！」

「その言葉、後悔すんなよ？」

「あああんっ!!」

ゼノは大きな肉棒を容赦なくズブっと私に突き刺した。その瞬間、目の前に星が飛ぶ。

いつもは私の様子を窺いながらゆっくりと挿入してくるのに、今日は私の望みに合わせて、性急だ。でも、もう濡れそぼった私には何の問題もなかった。埋まらなかった隙間がぴったりとはまり満たされる……

「……っく。はぁ……リリアナ、挿入れただけでイったな」

「はぁっ、あ……んっ。だってぇ……ずっと欲しかった……、あぁっ！　やっ、らめぇっ!!」

ゼノは私が話している最中にまた腰を振り始める。グチュグチュと生々しい音が室内に響く。

「何が駄目なんだよ、腰浮いてんぞ？　ん？」

「あっ、やっ……っ！　らって、きもちよすぎて……っあん！　ゼノの、おっきいのっ！　私の深いところまで来てるぅっ!!」

「あぁ……奥が好きなんだろ……っ！」

グリっ、グリっとゼノの肉棒が、私を刺激する。

あまりの気持ち良さに頭が溶けてしまいそう……

「ひゃっ、あんっ！　すきっ、すきっ!!　また、イっちゃう！　……ゼノっ、一緒にっ!!　白いのたくさんビュービューしてぇ!!」

「この、淫乱」

次の瞬間、ゼノが強く秘芽をつねった。

「あっ、ゼノっ!!　やぁぁあっ!!」

「出る……っ」

外からも中からも大きな快楽の波に襲われた私は、悦びの悲鳴を上げながら、イった。蜜口からはピシャっと潮が飛ぶ。

私の脳内も、膣内も、ゼノの愛で白く塗りつぶされるのがわかる。もう一生この人からは離れられない……離れたくない……

私はイったばかりで力の入らない身体で、彼に抱きついた。

「はぁ……はぁ……ゼノ、好き。……愛してる。もう、ゼノがいないと……私、駄目なの」

「俺はとっくにリリアナじゃなきゃ駄目だ。愛してる……」

私たちは深い深い場所で繋がったまま、キスをした。なおもぐりぐりと腰を動かすゼノに私は足を絡める。このまま二人で溶けてなくなってしまえたら、幸せかも……なんて、ありえないことを考えながら、私は朝までゼノのを締め付けて離さなかった。

▲▲　△△　▲▲

翌朝、私を起こしたのは、ある泣き声だった。

「……ん？」

目を開けると、外がようやく明るくなってきた早朝……ゼノは私を後ろから抱いたまま、すぅすぅと寝息を立てている。もちろん彼が泣いているわけではない。勘違いかしら……とまた目を閉じても、やっぱり聴こえる。誰かがすすり泣く声が。そして、微かにそれと一緒にフルートの音色が聴こえる。

それは、どうやら窓の外から聴こえるようだった。私は、外を覗きたくてベッドから出ようと思うが、ゼノが後ろから強く抱きしめている。それに……

「なんで挿入《はい》ったままなのよ……」

意識したくないのに、気付いてしまえば、こんなに大きなモノを気にしないなんて無理な話だ。

私は仕方なくゼノを起こした。

「ゼノ、ごめん。ちょっと起きて？」

「う……ん……？」

「あんっ……！」

寝ぼけたゼノが身じろぎすれば、あれの感覚がよりはっきり感じられる。感じている場合ではないというのに、私は思わず甲高い声を上げてしまった。……それが失敗だった。

「なんだ？　こんな朝早くから誘ってるのか？　昨晩あんなに愛したっていうのに」

ゼノは緩く腰を振り始める。昨晩、何度もゼノが私の中に吐精したせいで、乾ききっていない私の膣内は悦んで彼のモノを締め付けた。

「あ……だめっ！　ゼノ、誰かが泣いてっ……ぁあんっ！」

結局その後、すっかりゼノに躾けられてしまった私は嬌声を上げることしかできず、その泣き声の主を確認することはできなかった。


今日も午後から会談だ。しかし、内容は平行線だった。一つ進んだのは、精霊士を渡さないとゼノが明言したことくらいだった。

「そうですか、非常に残念です。ですが、嫌がる女性を無理矢理……というのは、エルフの尊厳に関わりますから、仕方ありませんね。ただ……シルワに何かあれば、彼女は私がいただきますよ？」

「そのようなことには断じていたしませんので」

ゼノは完全なる愛想笑いを貼り付けたが、その顔はどこか穏やかにも見えた。

「……くくっ、一晩でずいぶんと余裕をつけられたのですね。夜を味方にするなど、魔族らしいやり方だ」

「褒め言葉として受取っておきます」

二人が楽しそうに会話をする横で、私はずっと考えていた。どうしても朝の泣き声が気になって仕方ない……。それにあのフルートの音も。私はノーツ陛下に尋ねた。

「ノーツ陛下。今、この別荘にいる方でフルートを吹けるのは、昨日演奏されていた彼女一人ですか？」

「リリアナ、どうしてそんな質問……？」

不思議そうにゼノが私を見つめる。ノーツ陛下も突然の私の質問に驚いたのか、怪訝な表情を浮かべた。

「えぇ……。私が把握している中では、彼女一人だと思いますが。どうしてですか？」

「いや……今朝、フルートの音色と一緒に泣き声が聴こえたので、彼女かな、と――」

「マオが泣いていたって!?」

ノーツ陛下の反応に、私もゼノも驚く。なんというか、今まで感情の見えない人だと思っていたのに、こんなに彼が取り乱すなんて……

私たちの反応を見て、ノーツ陛下もまずいと思ったのか、コホンと咳払いをして、いつもの表情に戻る。

「きっと彼女に何か悲しいことでもあったのでしょう。私が後で彼女に直接聞いてみます」

平民のフルート奏者である彼女にノーツ陛下が直接話しかける？　もしかして、これは……？

そう思った私の隣でクスクスとゼノが笑っている。

「シルワの精霊士を伴侶にしたいだなんて言うから、色恋沙汰には興味などないと思っていましたが、陛下にもいらっしゃるんですね、そういうお相手が」

ノーツ陛下はらしくもなく顔を赤く染めた。

「それとこれとは関係ありません」

「関係ありますよ。国のために愛されない結婚をしてくれなどと、シルワの大事な精霊士に言えるはずもない」

「そうなれば大事にするつもりではありました」

「まぁ、そんなことには絶対にならないので、無駄な議論ですが」

ノーツ陛下が少しイラっとしたようにゼノを睨みつけるが、対するゼノは少し機嫌が良いくらいだった。

……なんか、子供みたいね、この人たち。それになんか気も合いそうだわ。

「マオ、様……でしたっけ？　彼女に会わせていただくことはできますか？」

ノーツ陛下は不機嫌さを隠す気もない。

「彼女が泣いていたのが、そんなに問題ですか？　彼女は平民です。高貴な方に会えるような身分ではありませんし、目も見えない彼女に無用な心配をさせたくありません。ご容赦ください。どうしても会いたいというのであれば、それなりの理由を示してください」

ノーツ陛下は淡々とそう言い放った。私たちが彼女に何かするのか、心配なのだろうか。結局、私も気になる、という理由しかなかったので、それ以上追及できるはずもなく、その場はお開きになった。

客室に帰り、私とゼノはソファで二人並んで話し合っていた。

「リリアナ、なんでそのマオとかいうフルート奏者が気になるんだ？」

「んー、わからない。でも、なんだか泣き声が気になるっていうか……その泣き声、まるで子供みたいなの。彼女のような大人の女性がこんな風に泣くかなって……」

「泣き声が、子供？　じゃあ、泣いてるのはその女性じゃないんじゃないか？」

「そうなのかなぁ……。でも、子供の姿なんてここに来てから見てなくない？」

「それもそうだな……。というか、俺はずっとリリアナといるのに、そんな泣き声は一度も聴いてないが……」

「今朝はゼノ、まだ寝てたしね。というか……ゼノが朝、エッチを始めなければ、確認できたのよ？」

「それは……悪かった。……でも、リリアナだって、俺のを締め付けたじゃないか」

ゼノの手が私の腰に回ってくる。

……まったく！　この王子様は、ほんとにえっちなんだから!!

「ゼノのがおっきいから、自然とそうなっちゃうの!!」

「リリアナ……こんな昼間から誘ってるのか？」

「誘ってなーい!!」

ゼノは私をからかっただけのようで、ハハハっと声を出して笑う。

「もう」と怒れば、「本当に可愛いなぁ」とゼノは呟いて、私の頭にキスを一つ落とした。

ゼノと仲良くして、寝静まった深夜、私は意外な人物に起こされた。

「リリ！　リリってば!!」

「ん……？　アイナ？」

「良かった！　やっと起きた！」

「アイナ、こっちに来るのは負担が大きいって言ってたのに、どうしたの？　それに明日の朝にはもう帰るのに」

「それが、帝国が予定を早めて進軍してくるかもしれないの。この一大事を知らせなきゃと思って、急いで来たのよ！」

「進軍って……まだ二週間はかかるって話してたじゃない!?」

「それがリリたちがエルフ国に助けを求めたと知ったみたいで、急いで帝国も準備を進めているようなの。このままだとあと三日後にはシルワに帝国の軍隊が攻めてくるわ」

「うそ……」

「そういうわけだから、できるだけ急いで、そこの寝ている王子様とすぐにシルワに帰ってきて。じゃあね！」

そうだ、ショックを受けてる場合じゃない！　アイナに聞きたいことがあるんだった！

「アイナっ!!」

「何？　どうかした？」

「アイナは他の精霊王と話せたりするの？」

「会えば話せるだろうけど、精霊王がどこにいるかはわからないからなぁ」

「そっか……」

「でも、リリも精霊王の声を聴くことができる能力があるから、近くにいれば聴こえるはずよ。既に大地の精霊士になっているから、話したりはできないし、姿も見せてくれないと思うけど」

「わかった、ありがとう。すぐにアイナは帰るのよね？」

「えぇ。私とお父様も急いで準備を進めてるから！　また後でね」

精霊王とアイナが何か準備をすることなんてあるのだろう？　人間に危害を及ぼすようなことはできないって言っていたのに……

「それよりもゼノを起こさなきゃ！」

私の胸を触りながら寝ている愛しの彼の手をペシペシと叩いた。

「ゼノ！　起きて、帝国が――」

その時、あの泣き声が聴こえた。ぐっと集中して耳を澄ませてみる……

『うぅ～、いつ気付いてくれるのよぉ……あたしの精霊士になってよぉ～!!　ぐすっ、うわ～んっ』

……精霊士？　でも、もうアイナは帰ったし、こんなこと言うはずない。だとしたら――

「リリアナ!?」

「わっ！　びっくりした！」

ゼノに突然肩を叩かれ、私は呼ばれていることに気付いた。

「驚いたのはこっちだよ。叩き起こされたと思ったら、急に黙って、俺の声なんて全然聴こえてないようだったから」

「ご、ごめん、例の泣き声がして……。それより聴いて！　ゼノ、この子供みたいな泣き声、風の精霊王かも」

「本当かっ⁉」

「うん。誰かに『あたしの精霊士になってよ』って泣き叫んでた。……集中すれば、まだ聴こえる。この別邸のどこかだ……」

「声が聴こえるうちに探しに行こう。風の精霊士が見つかれば、エルフ国の協力が得られるかもしれない」

私とゼノは顔を見合わせ、頷き合った。


別邸の廊下を私たちは二人で歩いていく。私はゼノの腕にぎゅっとしがみつきながら、目を瞑って歩く。目を瞑っていた方が泣き声がはっきり聴こえるのだ。

「ゼノ、ここ右に進んで」

「わかった」

ゼノは私の言う通りに進んでいく。そして、到着したのは――

「ここからはお通しできません。ノーツ陛下から誰も通すなと言われております」

ノーツ陛下の寝室手前の廊下だった。きっとこの泣き声が聴こえるのは、ノーツ陛下の寝室からだ。

「ノーツ陛下に至急お話があると伝えてほしい。風の精霊に関わる重要な話だと」

ゼノが衛兵にそう告げると、衛兵は戸惑っている。

「こ、こんな深夜にですか？　……それに陛下たちは先ほどお眠りになったばかりです」

陛下たち……ということは、どうやらノーツ陛下は誰かと一緒にいるらしい。こんな時間に寝室に連れ込むなんて、きっと懇意にしている女性だろう。だとすれば、きっと彼女だ。

「マオ様も一緒ですか？　きっと私が用事があるのは、陛下ではなく、マオ様です。マオ様だけでも呼んでいただけませんか？」

「………確認してまいりますので、少々お待ちください」

衛兵は自分の手に余るものだと思ったのか、渋い顔をしながら陛下の寝室へ確認しに行った。すると、寝室からは陛下が直々に出てきた。

「こんな時間に失礼だとは思わないのか？　シルワ国の方々は思った以上に礼儀というものを知らないようだ」

ノーツ陛下の目つきは厳しく、今までで一番不機嫌。まるで性格まで変わったようだ。

「失礼なのは重々承知です。ですが、風の精霊士に関わるかもしれない重要な確認事項があります」

「……風の精霊士？　国内をくまなく探したのに見つからなかったというのに、今更見つかるわけがなかろう」

「リリアナが風の精霊王の声を聴いたかもしれないのです。陛下もお気付きの通り、リリアナは大地の精霊士です。確認だけでもさせていただけませんか？　この通りです、お願いします」

ゼノが深々とノーツ陛下に頭を下げる。

「……わかりました。しかし、寝室で見たものは決して他言しないようお願いします」

「もちろんです」

「ではこちらへ」

ノーツ陛下の案内に従って、寝室に入る。すると、ベッドの上ではすやすやと眠るマオ様がいた。

陛下は彼女の傍らに腰掛けると、優しい眼差しでさらっとその髪を梳いた。

「お二人が予想していた通り、彼女が私の最愛です……。疲れた彼女を起こしたくない。何もないとは思いますが、確認だけ済ませて、早く出ていってください……」

陛下の彼女を見つめる眼差しからどんなに彼女を愛しているのかが伝わってくる。同時に切ない思いも。愛し合っていながらも、彼女を伴侶とできない歯がゆさをずっと陛下は抱えてきたのだろう。

「ノーツ陛下、お言葉ですが、すぐに彼女を起こしていただけないでしょうか？」

「はぁ……リリアナ嬢、あなたがそんなに無礼な方だとは――」

「マオ様が、風の精霊士になれるかもしれないのです」

「……どういうことですか？」

「この部屋の中に風の精霊王様がいます。彼女は、『精霊士になって』と言いながら、泣いています。おそらくマオ様に向けて、です」

「では、なぜマオは精霊士になれないのですか？」

「大地の精霊王様の話によると、精霊は気に入った人物の目の前に現れ、その人物から体液をもらうことで精霊士として契約したことになるらしいのです。きっと風の精霊王様はマオ様の前に現れてはいましたが、目が見えないマオ様は精霊王様を認識することができず、契約することができなかったんだと思います」

「そんな奇跡のようなことが……。まさか……」

「あくまでも私の推察ですが。試してみる価値は十分にあると思います」

「わかりました。……マオ、起きてください」

「ん？　陛下……どうされましたか？」

初めてマオ様の声を聴いたが、鈴が鳴るように可愛らしい声をしている。まるで花が囁《ささや》いているようだ。彼女がノーツ陛下に話しかける声は、穏やかで優しく、二人が想い合っていることがよくわかった。

「驚かないで聞いてほしい。……ここに、シルワ国のゼノ殿下とリリアナ妃殿下がお越しになっている」

「な、なんで……」

彼女の身体がぐっと強張るのがわかった。陛下はそれを落ち着かせるように彼女の肩を抱いた。

「大丈夫、彼らは私たちのことを他言などしません。約束は守ってくれる人たちです。それより、彼らはマオが風の精霊士なのではないかと言っているんですが、心当たりはありますか？」

「精霊士……？　まさか私が……。心当たりなど全くないのですが……」

「マオ様、シルワ国のリリアナでございます。失礼ですが、掌《てのひら》を前に差し出して、『おいで』と一言言っていただけますか？」

「え……？　どういう意味か……」

「マオ、手を。そう、いい子です。次に……おいで、と呼び掛けてみて」

「お、おいで」

『……あたしを呼んだの？　この手の上に乗れってこと？』

泣き声が止まった。その姿は見えないけれど、やっぱりマオ様の声は精霊王様に届いてるみたい。

「次に……マオ様の体液を差し出してください」

「体液？」

「涙でも、唾液でも、血でも、何でもいいです。私の時は涙でした」

「……マオ、掌《てのひら》を舐めてみて」

「こ、こうですか？」

彼女は赤い舌を少しだけ出すと、ペロリと掌《てのひら》を舐めた。

『わ、あたしと契約してくれるんだ……！　嬉しい!!』

次の瞬間、マオ様の掌《てのひら》からまぶしいほどの光が溢れて、部屋中に広がった。目も開けていられない。

沈黙の後、恐る恐る目を開ける。しかし……、何も変わっていなかった。

「い、今の光はなんだったんだ？」

そうゼノに問われるが、私にも全く身に覚えがないだけにわからない。

「わからない……私がアイナと契約した時はあんな光、出なかったけど」

するると、きゃんきゃんと甲高い声がした。

『未熟者の精霊姫とあたしを一緒にしないで！　あたしはもう精霊王なんだからね！』

「え？　私の声が聴こえる？」

先ほどまでは私の声は風の精霊王様に届いてない様子だったのに、返答が来たことに驚く。

『マオの耳を借りれば、会話も聴きとれるんだ！　まったく、大地の精霊士はなんにも知らないんだからー。でも……ありがとう。あなたのおかげだよね、マオと契約できたの』

「ということは、マオ様は風の精霊士になったということですか？」

『うん、そうなの！　マオはあたしの精霊士なの！』

「や、や……やったぁー!!」

ポカンとするゼノとノーツ陛下を残し、私一人喜びに浸る。マオ様は混乱しているようだ。

「リ、リリアナ様、誰と話しているんですか？　頭に響いているこの声は誰？　私が精霊士ってどういうことですか!?」

『マオ、あたしの声は聴こえてるでしょ？　あたしは、風の精霊王。ずっと私の精霊士になってくれる人を探してたの！　あたしね、マオのフルートの音と、鈴蘭のような声が大好きなのっ！』

「風の……精霊王様？」

『そう！　これからはあたしのお友達になってほしいの！』

風の精霊王様は無邪気にそう言った。その声はまだまだ幼くて、小さな子供がおねだりしているようにしか聴こえない。

それでも、精霊士、ではなく、お友達という響きにマオ様は安心したようで、笑みを浮かべた。

「お友達……。ふふっ、それでしたら、喜んで」

『やったー！　嬉しいなぁ！　あたしの名前はマカニって言うの！　いつでも呼んでね！』

「はい、マカニ」

『きゃー!!　ずっとこの声で呼ばれたかったのー!!　マカニ、しあわせー！』

私にマカニ様の姿は見えないけど、きっと彼女は楽しそうに宙を浮いてることだろう。その声からは喜びが伝わってきて、こちらまで嬉しくなる。その姿を誰も確認できないのが残念だけど……

『あ、ついでにね、精霊士には精霊王が見える眼が与えられるの。だから、マオ、目が見えるはずだよ』

「……目、が？」

ひゅっと、マオ様が息を呑む。

『本当だよ。開けてみてごらん』

でも、なかなかマオ様は目を開けようとしない。それどころか、彼女の目からは涙が零れていた。

「どうしたんですか？　マオ」

彼女はブンブンと顔を横に振るばかりで、目を開けない。不思議に思った陛下が私に尋ねる。

「なぜ、マオは泣いているのですか？　今はどういう状況なんですか？」

「えっと、マオ様は風の精霊士になったんですが……契約した風の精霊王のマカニ様が眼を与えてくださったんです。目を開ければ見えるとマカニ様がおっしゃったのですが、マオ様はそこから泣き出してしまって……」

ノーツ陛下は優しく優しく優しくマオ様の背中をさする。マオ様が落ち着くまで甲斐甲斐しく……

「マオ、大丈夫です。私がついていますから……怖がらないで。ゆっくりでいいですから。どうかマオの瞳に最初に映る栄光を私にください」

「……ノーツ、様」

マオ様は顔を上げて、ゆっくりと目を開けた。うす暗い部屋の中……開いたマオ様の瞳は金色に輝いていた。

「あぁ……。こんなにも世界は……ノーツ様は輝いていたのですね」

「マオ……君の瞳に映れる日が来るなんて……」

マオ様の美しい瞳からはぽろぽろと大粒の涙が溢れた。それを見つめるノーツ様の瞳からも一筋の涙が零れていく。両手を繋ぎ合い、涙を流しながら嬉しそうに見つめ合う二人……月明りに照らされたその光景は一枚の絵画のように美しかった。


まだ陽も昇りきっていない翌朝早く、私たちは馬車に乗り込もうとしていた。

「こんなに早く出られてしまうとは」

「いつ帝国が攻めてくるかわかりませんので、すぐに帰って、準備をしなければ。優秀な臣下もおりますが、これでも騎士団の総括をしておりますから」

「えぇ、ゼノ殿下が優秀な方なのはわかります。追って、我が軍も必ず助力に向かいますので」

「恩に着ます」

「いえ、こちらこそ。ゼノ殿下とリリアナ妃殿下には、返しきれないほどの借りを作ってしまいましたからね。あなたたちがいなければ、私は愛する伴侶を得ることも、精霊士を見つけることもできなかった……」

ノーツ陛下は、その甘い視線を隣に立つマオ様に向けた。マオ様も頬を染めて、その目線に応える。

「では、私たちはこれで失礼します。本当にありがとうございました。そして、これからもよろしくお願いします」

「えぇ、そのためにもまずは帝国を返り討ちにしてやりましょう」

ゼノとノーツ陛下は固い握手を交わした。

その横で能天気にマカニ様が「蝶々だ～」と言っているのを聴いて、私とマオ様は顔を見合わせて笑い合った。

▲▲　△△　▲▲

シルワに帰国し、エルフ国からの助力を得ることができそうだと報告したところ、陛下は硬直した顔を少し緩めた。あと数日で、帝国が攻め入るというこの状況のせいだろうが、二、三日見ない間にやせた気がした。

そこからは、私とゼノも加わり、大急ぎで帝国軍を迎え撃つ準備をする。ゼノが総指揮官として多忙を極めている横で、何もできないなんて嫌だった。周りは止めたけれど、私は侍女に混ざって、兵士たちの食事の準備をしたり、資材を運んだりした。できることは少なかったけれど、王太子妃だろうが、なんだろうが、できることは何でもやりたかった。

愛する国のために、愛する人のために……


明日、帝国が攻めてくる。私は久しぶりにちゃんと寝室にいた。ここ最近は準備で忙しくしていたから、隙間時間にソファなどで寝落ちすることが多かったのだ。ベッドに横になるが、隣にゼノはいない。それはそうだ、彼は今、一番忙しい人なんだから。こうやってベッドに一人横になっても寝られない。いつの間にか、ゼノの腕に抱かれて寝るのが当たり前になっていた。

シルワに来る前は考えられなかった……こんなに魔族である王太子を愛することになろうとは。もう恋なんてうんざりだと思っていたはずなのに、今じゃゼノが隣にいない日々なんて考えられない。

だからこそ、怖い……。万が一にも彼を失ってしまったら、どうしようと。その想像をするだけで真っ暗な闇に突き落とされたような気分になる。ゼノは愛する喜びと愛される喜びを私に教えてくれた人。彼がいなくなったら、私はどう生きていけばいいのかわからない。

「ゼノ……。お願いだから無事で……」

縋るような想いで彼の名を呼ぶと、布団を被って震える私を彼が後ろから包み込んだ。

「な、んで……ここに……」

「また一人で馬鹿なこと考えて、泣いてるんじゃないかと思ってな。来てみて正解だったな」

ゼノはそう言って私に優しく笑いかけた。

どうしてゼノには全部バレちゃうんだろう。こんな弱気なところ見せたくないのに……もっと格好いい私でいたいのに……彼には私の駄目なところばかり見せてしまう。

「ゼノ……大丈夫、だよね？　ちゃんと勝てるよね？」

「あぁ、勝てるさ。エルフ国も助力してくれるし、俺たちは強い。必ずシルワを……リリアナを守ってみせる」

「うん、約束して……。必ず怪我しないで無事に戻ってくるって。ゼノが傷つくの……見たくないよ……！」

私は身体の向きを変えて、ぎゅっとゼノに抱きついた。本当はこのままどこにも行かないでほしい。無責任でもなんでもいいから、ゼノは……ゼノだけは……行かないでほしい。

ゼノは私の頭を撫でて、言った。

「俺はどこにも行かない。これからもずっとリリアナの側にいる。必ずこの腕の中に戻ってくるから……あんまり心配しすぎるな」

私は彼の胸板に顔をこすり付け、イヤイヤと首を横に振った。

「心配しないなんて無理だよ……。今の私には、ゼノが全てなの！　ゼノがいないと生きている意味なんて――」

「ったく、またそんなこと言って。このシルワ国でどれだけの人がリリアナのことを慕っていると思ってんだよ。リリアナはシルワ国の王太子妃だろ？　俺と共にこの国を守っていくんだろう？　約束してくれ、何があっても生き抜くって」

そうだった。このシルワに来た時にゼノとの関係がどうであれ、ここで生き抜くって決めたんだった……

なのに、私はいつの間にかゼノに甘えて、彼に私の命まで押し付けてしまうところだった。ただでさえ彼は多くの国民の命を背負っているのに。

「ごめん……。私、ゼノに甘えていた。……私、ゼノと同じ方向を向ける妃でいたいのに」

「リリアナはいつも一人で頑張りすぎるからな、俺がいる時は俺に甘えたらいい。ただ……俺が側にいて抱いてやれない時は、毅然とした王太子妃であってほしい。皆が前を向いていけるように。……それに俺が最初に惚れたのは、強くて、美しいリリアナだからな」

「最初に惚れたのって……？」

ゼノが私にいつから惚れていたかなんて聞いたことなかった。街でデートした時？　それとも、大地が復活した時かな？

しかし、ゼノから返ってきたのは、意外な答えだった。

「リリアナが馬車から降りてきた時だ」

「そんなはず……」

「一目惚れだよ。リリアナを一目見た時、その美しさに息をするのも忘れた。この女性が自分の妻になるんだと思ったら、頭が痺れるようだった。けれど、魔族だから怖がるだろう……と手を出さないことに皮肉を言えば、何の躊躇もなく、顔を赤く染めて、俺に手を差し出すもんだから、あやうくその場で抱きしめてしまうところだった」

「うそだよっ！　だって、最初は私に冷たかったじゃない」

「そりゃそうだ。わがままばかりの馬鹿な令嬢が来ると思ってたからな。身体からはくらくらするくらい良い匂いがするし、最初は俺を篭絡《ろうらく》するために特殊な媚薬でも焚《た》き染《し》めてきたのかと疑っていたくらいだ」

「匂い？　特に何も付けてなかったはずだけど……」

「知っている。その時感じた匂いは、リリアナ自身の匂いなんだって、あとから気付いた」

「え……私の匂い？」

どんな匂いだろう、自分で嗅いでみようとするけれど、さっぱりわからない。

「あぁ……こうやって抱きしめて首元に顔を埋めれば、一瞬で俺の理性が崩壊するくらいには」

ゼノは私の首元に顔を埋めて、その高い鼻を擦りつけた。

「ふあっ……ゼノ、くすぐったいよぉ」

「すぐそんな甘い声出すなよ……。ちょっと休憩したら、戻るって言ってあんのに」

「もう、すぐ戻るの……？」

「そんな寂しそうな声まで出して……俺をどうするつもりだよ」

「……だって、ゼノが足りない。ちょっとは休憩、できるんだよね？」

チュっとゼノの唇にキスをする。

ゼノは、突然のキスに驚いたのか、少し戸惑っているように見える。

「……ちょっと、なら……」

「なら……私、ゼノが欲しくて、我慢できないみたい」

私はゼノに身を寄せ、その身体をぐっと押した。

パタンといとも簡単にゼノは仰向けになった。私はいつもゼノがやってくれるように、その上に馬乗りになる。そして、彼に見せ付けるようにして、服を脱いだ。彼の喉が鳴る。

「リ、リアナ……」

「私が気持ち良くしてあげるから、ゼノは休憩してて……」

「あ……、おい……っ」

彼からの愛撫を思い出す。いつも彼が私を気持ち良くしてくれるように私もしてあげたい。彼のシャツのボタンを外し、その鋼のような肉体に舌を這わせる。乳首をちろちろと舐めれば「……ふっ」と彼が熱い息を吐いた。私は彼の乳首を舐めながらも、下に手を伸ばす。

「うっ……駄目だ……っ」

そう言われてももう遅い。私はズボンから既に硬くなった肉棒を取り出した。彼の身体を舐めながら、手でその大きなモノをしごけば、彼の口から漏れるのは熱い吐息だけで……それがたまらなく嬉しい。

「リリアナ……っ、もうっ……」

「時間がないんだったね、大丈夫。すぐにイかせてあげる」

私は肉棒から手を離した。そして……自ら彼に跨《また》がり、その肉棒を自分の蜜口に導いた。愛撫もされていないのに、蜜口は既に潤んでいて、私はその愛液を彼の先端に擦りつける。

「……っはぁ……。ゼノ……」

私はゆっくりと腰を落としながら、彼のモノをゆっくりと呑み込んでいく。

快感に歪むゼノの顔がたまらなく愛しくて、私は最後、ズンとそれを奥に叩きつけた。

「……っ!!」

私は思いがけず一瞬で果ててしまった。彼の上で声も出せず、震える私。

「自分で挿入れといて、イくなんて、どんだけエロいんだよ……っ」

唇をペロリと舐めるゼノ。彼は下からぐっと私を突き上げた。

「ひゃあああんっ!!」

「ほら、すぐにイかせてくれるんだろ？　早くしないと誰かが俺を呼びに来るぞ」

「あっ、だめ……頑張るからぁ……!」

グチュヌチュッ……私の滴る愛液のせいで卑猥な水音が寝室に響く。

イったばかりで力が入らない私はへこへこと腰を上下に動かす。それを彼は下から楽しそうに見つめている。

「あんっ、うまくっ……できないよぉ」

「いや、最高の眺めだよ。ここに来た時はキスさえも知らなかったリリアナが、俺を気持ち良くさせるために自分から乗って、腰を振ってるんだから」

ゼノは余裕そうに私の胸に手を伸ばす。ぽよぽよと上下する胸を下から柔らかく揉んだり、乳首を時折摘んだりする。

「あっ、あっ、ゼノぉ……。らめっ、らめぇ……っ」

「ほら、腰が止まってるぞ……とっ！」

「ひゃぁぁあっ！」

蜜口から脳天までまるで稲妻が走ったような絶頂に導かれる。だというのに、ゼノは動きを止める気配もなく、私の腰を掴んだ。

「リリアナのこのエロい声を他の男に聴かせるわけにはいかないからな」

そう言うと、彼は下から何度もその凶悪な肉棒を私の子宮口に叩きつけた。

「あっ、ふっ、やあ……っ、ゼノ、イくぅ!!」

「あぁ、俺も……っく！」

びゅるるーっと音が聴こえそうなほど、ゼノの子種が勢い良く私の子宮に注ぎ込まれる。私はそのままゼノの胸に倒れた。彼は私を抱きしめる。

「……ありがとうな、リリアナ。これでもうひと頑張りできそうだ」

「はぁ……はぁ……、ごめん。私、下手だったよね……」

「そんなことない。すごい気持ち良かった。でも、全部終わったら、俺がちゃんと教えてやる」

「うん……おし、えて……」

ここ最近、上手く寝れていなかったせいか、急激に眠気が襲ってくる。

「おやすみ……リリアナ。……愛してるよ」

「……わた、し……も……」

私はそのまま意識を失うように眠りに落ちたのだった。

▲▲　△△　▲▲

「ア、アイナ……ちょっとこれ、やりすぎじゃない？」

翌朝、目を覚ました私を待っていたのは、驚くべき光景だった。城の周りにはびっしりと数え切れないほどのキキユラが生えていたのだ。

「魔族にとってキキユラは万能薬じゃない。いくらあったって構わないでしょう？　これなら怪我した人がいれば、すぐに手当できるじゃない！　お父様と私たちに何ができるか必死に考えた結果なんだから、もっと喜んでよーっ！」

「リリアナ、精霊姫様はなんとおっしゃってるんじゃ？」

陛下とゼノが緊張した表情でこちらを見つめている。私はこの事象について、アイナから事情を聴いてほしいと朝早くからたたき起こされたのだった。

「えーと……魔族にとってキキユラは万能薬だから、怪我した人をすぐに助けられるようにたくさん生やした……と。精霊王様と何ができるか必死に考えた結果だとアイナは言っています」

「おぉ……なんとありがたい！　精霊王様、精霊姫様、ありがとうございます！」

「へへーっ！　王様、わかってるぅ！」

褒められたアイナはご満悦だ。今度はゼノが私に尋ねる。

「リリアナ、地形の件は……」

「う、うん……」

そして、アイナたちが巻き起こした変化はこれだけではなかった。彼女たちは一晩にして、このシルワの地形を大幅に変化させた。今回、帝国と衝突することになるであろう城近くの平原には大きな土の壁が築かれたのだ。それによって、帝国からシルワに攻め入るには一本道を通らねばならないようになっていた。

「アイナ、地形もあなたたちがやったのよね……？」

「そうなの！　あれはお父様の案なんだけどね、帝国の兵数がどんなに多くても一本道を通らないといけないってなると衝突できる人数は限られるでしょ？　矢面《やおもて》に立つ人数がそう変わらなければ、兵数で劣るシルワでも十分に勝機はあるって」

アイナは私を見て、得意気にひらりと身体を宙返りさせた。

「それに、今回はエルフが協力してくれるっていうから、彼らの武器である弓を生かせるよう壁の上に場所を作ってあるの。もちろんシルワ側からじゃないとそこに上るのは無理にしてあるし。そこから弓矢を射ってもらえたら、上から帝国の人数を減らせるわ。本当は完全に壁を作ることも考えたんだけど、そう簡単に地形は戻せないからね、道は残しておいたの」

「……す、すごいわね」

「一応もう一本裏道を作ってはあるけど、そっちはもっと狭いから、そこから攻め入ってくることはないと思うわ。逆に奇襲をかけたりすることはできるけど、さすがに狭すぎるから、あんまり現実的じゃないわね」

私はアイナと精霊王様の力の入れ具合に驚きつつも、現実的になってきた勝利に気を引き締めるのだった。


「じゃあ、いってくる」

「いってらっしゃい」

ゼノは強く強く、私を抱きしめ、優しいキスを一つ落とす。そして、額をこつんと合わせると、その黒く澄む瞳いっぱいに私を映した。

「全部終わったら、結婚式を挙げような」

「……待ってるからね。あと……ゼノ、これ」

「リボン……？」

「うん……。これは私がシルワに持ってきたお母様の唯一の形見でね。幼い頃から、お守り代わりにずっと持っていたの。戦場に一緒に行くことはできないから……どうか私の気持ちと思って、一緒に持っていってほしいの」

ゼノはそれを受け取ると、剣の柄《つか》に巻き付けた。

「リリアナの瞳と同じ色だな……。ありがとう」

私は、馬に跨《また》がり遠ざかるゼノの後ろ姿を、その姿が見えなくなるまで見送った。大丈夫、私たちは帝国なんかには負けない。人の心を踏みにじる彼らなんかに絶対に屈したりしない。

不安な気持ちがないわけじゃない……でも、ゼノと約束したように、皆に不安を与えないよう毅然とした王太子妃でいるんだ。気持ちだけでもシルワのみんなを守れるように。

「ありがとう、リリアナ……。このシルワを愛してくれて」

突然、私の隣で陛下がぽそっと言った。

「と、とんでもありません！　……御礼を言うのは私の方です。散々、シルワの方々は人間から酷い扱いを受けてきたのに、こんな私を信じてくれた。陛下をはじめシルワの方々の寛容さがあったから、私はこうしてシルワの一員になれたのです」

「いや、それも全部リリアナがこのシルワの一人ひとりとの交流を大事にし、彼らに愛を与えてきたからだ。そなたは本当の聖女のようだな」

その言葉に胸がツキンと痛んだ。ゼノと出会うまで愛されることなんて知らなかった。そんな私が周りのみんなに愛を与えるなんてできているはずない。

「そんなこと……ありえません。愛を与えるどころか、私の母は早くに亡くなり、父にはまともに愛されてきませんでしたから。父は愛情深い人だったのだとは思うのですが、家族の愛情は妹が独占していたので……」

「本当にそうかな？」

「え？」

ニィと横目で私を見て笑う陛下は、どこかゼノに似ている。やっぱり親子だ。

「お父上が妹君ばかりを気にかけていたのは事実なのかもしれない。だからといって、リリアナが愛されていないという証拠にはならないんじゃないか」

「……それは――」

そんなはずない。家族から「可愛い」だとか「愛している」と言葉を掛けられたことなんてなかったもの。記憶の断片から愛情を探そうとする自分と、愛されてないと実感することが怖くて考えるのをやめようとする自分が拮抗する。

陛下は穏やかに微笑んで、優しく私に話しかける。

「リリアナ。なぜ、私たちが帝国の出兵情報を掴めたと思う？」

「え……。それは……帝国に誰かを忍び込ませているからですか？」

突然の質問に驚きつつも、私はそう答えた。しかし、陛下は首を横に振る。

「魔族は隠しきれないツノという特徴がある。忍び込ませるなど無理だ」

「じゃあ……」

考えてみてもわからない。人間の協力者がいるんだろうとは思ったが、そんなことは聞いたことがなかった。

大体、帝国の人間が圧倒的不利なシルワに肩入れする理由が見つからない。それに危険なはずだから、相当メリットがないと難しいだろう。

うーん……と頭を悩ませる私の横で、陛下はクスクス笑った。

「くくっ。全く思い至らないとは。なに、簡単なことだよ……そなたの兄君だ」

「お兄、さまが？」

思いもしなかった答えに唖然とする。

「そう。そなたの兄君は外交官をしておるだろう？　帝国の情報を流すのは危険が伴うというのに、危険を冒してまでこちらに情報をくれた。それはシルワにいる妹を守りたいという愛故以外の何ものでもないと思うのだが？」

「お兄様が……私のために……」

思いがけずお兄様の優しさを知り、目頭が熱くなる。

お兄様は、口下手な人だった。ふいに気が向いたように「ご苦労」と声を掛けてくれることはあっても、ニーナにするように眠るまで側にいてくれたり、頭を撫でてくれることなどなかった。

でも、思えばよく野菜の苗を買ってきてくれたり、古くなった調理道具を買い替えてくれたりした。当時は貧相な食事内容への皮肉かと思っていたが……考えてみればそれは私を見ていたからこそのプレゼントだったのだろうか？　口下手で、どこか方向性の違うお兄様にくすっと笑みが零れた。

しかし、私はその後の陛下の言葉により驚かされた。

「それにそなたの父君からも手紙をいただいた。手紙にはリリアナがいかに優しく、頑張り屋であるかが書いてあった。どれだけリリアナに助けられていたか、と。自分が至らなかった分、どうかリリアナを愛してやってほしい、とも」

「信じられません……お父様が、そんな……」

「信じなくても構わない。実際に私は父君や兄君に会ったことがあるわけではないからな。だが、その手紙を事前に受け取っていたからこそ、私は安心したんだ。こうやって愛情を受けてきた令嬢ならきっと大丈夫だろう、と」

「でも、そんなこと……私はずっと家族から愛されていないと思って……」

「今からでも遅くないんじゃないか、家族の愛情を感じるのは。……この戦いが無事終わったら、リリアナのご家族をシルワに招待してみてもいいのかもしれないな」

「陛下……」

「そなたのことが大好きな兄に、ゼノが嫉妬しないかだけ心配だが」

陛下はハハハっと笑いながら、その場を離れた。

……私は一人、帝国にいる家族に思いを馳せた。何も気付いていなかった。思えば、成長するに従って、どんどんと自分から家の中の仕事を引き受けるようになり、余裕がなくなっていった。話しかけられてもやることが山積みで、逃げていたのは私だったのかもしれない。

今は帝国とシルワ、敵国同士になってしまったけれど、この戦いがひと段落すれば、きっとゆっくり話をする時間もあるだろう。

ゼノとの結婚式には来てほしい……な。

そんなことを思いつつ、私は王宮に戻る陛下の背を追った。

▲▲　△△　▲▲

「ブルーズ様、今度は第三部隊から撤退報告が！　シルワの勢いが止まりません！」

「エルフ国からまた増援が来ました！　風の向きも悪く、こちらの矢が届きません！」

「雇ったごろつきどもが死にたくないと逃亡しました！　兵士たちの士気も下がっています！」

「ブルーズ様、どうか兵士の前に立って、指揮をお執りください！　シルワの王太子は矢面《やおもて》に立っております！」

こんな、こんなはずじゃ……っ!!

シルワを痛い目に遭わせようと、意気揚々と出兵してみれば、その結果は信じられないものだった。

「うるさい、うるさい……っ！　高貴な僕に指図するな!!」

王宮では僕の態度にビクビクする官僚ばかりなのに、戦場まで来てみれば、力しか使い道のない馬鹿どもが僕を冷たい目で見る。

しかも、シルワの王太子と比べるなんて、とんだ屈辱だ……。あっちの王太子が前に立っているからといって、なぜ僕まで行かなきゃいけないんだ……!?　同じ王太子でも帝国とシルワじゃ命の重さが違うというのに！

これ以上やられっぱなしは許せない。僕は天下の帝国の王太子なのだから。

聞くところによるとシルワの王太子はずいぶんとリリアナに肩入れしているらしい。それを利用させてもらう……まだ勝機は帝国にある。

「おい、キャズ。あの娘を連れてこい。騎士団長の元に連れていけ。僕はもう一本の裏道で、子供たちを連れてリリアナに会いに行くとしよう」

ここまで僕をコケにしてくれたんだ……一体どう調理してやろうか。

リリアナが泣き叫ぶ姿や、シルワの王太子の顔が絶望に満ちるのを想像して、僕は密かに笑った。

第六章　いつも私のそばに

「リリアナ様っ!!」

　私と陛下、そして各大臣が集まる大広間のドアを一人の騎士が勢い良く開いた。焦りを隠せていないその顔に嫌な予感がする。

「どうしたの？」

「裏道の方から帝国の王太子が率いる少人数の部隊が進軍してきました！　先方が交渉をしたいと言っています！」

「そんなの話し合う余地もない。開戦している今、同盟や話し合いなど意味もない。退けろ」

　陛下は厳しい表情で言い放つ。しかし、兵士の返答は予想外のものだった。

「それが……相手はシルワ国の子供を人質に取っていると言っているのです。来なければ一定時間経過するごとに一人ずつ……命を奪う、と」

「なんですって……？」

　その卑劣な行為に言いようもない怒りが込み上げる。

「相手は、交渉役としてリリアナ様を指定しております。リリアナ様一人で来るように、と。私たちも子供たちが人質に取られている可能性がある以上、迂闊に手を出すことができず……今は膠《こう》着状態《ちゃく》です」

最低だ。ここまで性根が腐っているとは思わなかった。私は血がにじむくらいに唇を噛んだ。

大広間には沈黙が広がる……。陛下は眉間に深い皺を刻み、大きくため息を吐いた後、顔を上げた。

「様子を見よう……。リリアナを危険に晒すわけにはいかぬ」

「陛下、行かせてください」

私は毅然と立ち上がった。陛下が私の顔を眉間の皺をさらに濃くして見つめた。

「リリアナ……。だが、罠の可能性もありうる」

「わかっています。でも、魔族の子供たちに危害を加えられる可能性もあります。……この戦闘で勝利したとしても、それが犠牲になる子供たちの命の上に成り立っていると思った時、私たちはその結果に胸を張れるでしょうか。私はゼノと、シルワを……シルワの国民を守ると約束しました。王太子妃として、役目を果たすことをどうかお許しください」

「しかし――」

「おそらく、私を指定してきたということは、何かしらの利用価値があると思っているはずです。その価値があると思っているうちは、私を殺すことはないと思います。それに、私が交渉をしている間は王太子の姿が見えず、より帝国軍の士気は落ちるでしょう。その間に帝国軍を完全に叩くことができれば……」

陛下は大きく首を横に振る。

「楽観的観測、だな」

「ですがっ！　国民の犠牲の上に立つ王太子妃になどなりたくはありません！　わがままだとわかっていますが、どうか陛下……私に行かせてくださいっ!!」

私の必死の願いが効いたのか、それとも私の強硬な姿勢に折れたのかわからないが、陛下はフッと笑った。

「……わかった。リリアナ、子供たちを頼む」

「承知いたしました」

「そして、ゼノに伝令を飛ばせ。愛する妻のために、早急に帝国を退けよ、と添えてな」

私は騎士の案内の下、帝国の王太子であり、元婚約者のブルーズの元に向かった。

今度こそ、その縁を完全に断ち切るために。


数か月ぶりに見る元婚約者は、帝国の王太子だというのにずいぶんとみすぼらしかった。いや……元々こんな人だったのかもしれない。毎日、ゼノの綺麗な顔を間近で見ているから、ブルーズの顔がゴミみたいに見えるのかも。

こんな状況なのに、そんなくだらないことを考える自分に少し笑う。

「リリアナ……。会いたかったぞ。ずいぶんとシルワで上手くやっているみたいじゃないか」

「そうね、シルワに来る機会を与えてくれたあなたには感謝してるわ。でも今回の件は別。早く子供たちを返して」

「じゃあ、リリアナがこちらに来い」

ニタァといやらしく笑うその顔に悪感《おかん》が走る。

「……先に子供たちをこちらに歩かせて」

「駄目だ。これは交渉だからな。子供たちを返す代わりに僕が欲しいのは、リリアナ、君だよ」

「私……？」

「あぁ、やっぱりマーガレットは駄目だった。馬鹿で顔しか取り柄がなかった。王太子妃教育の講師陣も口を揃えて、帝国の王太子妃にふさわしいのはリリアナだって言っている。十分シルワも楽しんだだろう？　僕の元に帰っておいで。憎きシルワを二人で潰そうじゃないか、そうすればみんな君が作戦のためにシルワに行ったんだと理解してくれて、王太子妃にもなれる」

あまりにも都合の良い筋書きに頭に血が上る。それに、あんなに二人の世界に酔いしれていたのにマーガレットのことを馬鹿で顔しか取り柄がないだなんて……

良い性格はしていなかったけど、結局彼女も私と同じブルーズの被害者だったと知り、少し切なくなった。ブルーズは、女性のことを所詮道具としか思っていないんだろう。

……そんな人と一緒にいなきゃいけないなんて、絶対にごめんだ。

「……あなたが私を追い出したくせに、何を言っているの？　私はあなたの元に戻るつもりなんて断じてない」

「少しお仕置きをするだけのつもりだったんだ。魔族の恐ろしさを知れば、僕の優しさがわかるかな、と思ってさ。リリアナが僕に優しくないから」

「……優しいって何？　あなたの思い通りに動く人形になるってこと？　あなたがしたい時にセックスに応じて、身を捧げることが優しさなの？」

「そうだね。僕は王太子なんだから、僕を癒すのはリリアナの役目だろう？　今から楽しみだよ、リリアナがどんな声で啼くのか」

その汚れた瞳に私を映さないでほしい。欲情した目で見つめられただけで吐き気がする。

「最低……。王太子なのに、自分のことばかり、しかもそんな下品なことばかり口にして恥ずかしくないの!?　あなたもゼノと同じ一国の王太子なら――」

「リリアナも、あいつと比べるのか……？」

ブルーズの声のトーンが変わった。

「僕と……僕と、あいつを比べるなっ！　同じ王太子でも帝国とシルワじゃ格が違うんだよ！」

この戦いで、ゼノの有能さを目の当たりにして、王太子としてのプライドが傷つけられたのかもしれない。でも、そんなの当たり前だ。ブルーズが遊びまわっている間、ゼノはずっと努力を続けてきたのだから。

「……そうね、あなたとゼノじゃ格が違うわ」

ブルーズがホッとしたように、顔を緩める。

「そうだろう？　僕は帝国の王太子で――」

「全てにおいてゼノの方が格上よ。国を想う気持ちも、頭脳も、力も、美しさもね。ゼノがあなたに負けるなんて万が一にもありえない。ブルーズ、あなたはゼノには勝てない」

「僕が負けるだって？」

「ええ、そうよ。あなたが戦況を理解できているとは思えないけど。ほとんど勝負はついてるの。あとは時間の問題よ、私は時間稼ぎに来ただけ。きっともうすぐゼノがあちらを殲滅《せんめつ》して、あなたの後ろの通路から私を迎えにくるわ。そうなれば、あなたに逃げ場はない」

そう言い放つが、ブルーズの反応は全く予想していないものだった。

「はっ！　ははははっ！」

「何がおかしいの？」

「シルワ軍は殲滅《せんめつ》どころか、一歩も進めていないだろう！　ゼノとかいう王太子は、お前を愛してるんだろう？　だとしたら、絶対に進めない」

「どういうこと……？」

くっくっくっ……とブルーズは笑いを抑えられないようだった。

「向こうには……リリアナ、お前の妹がいるんだよ」

「うそ……ニーナがっ⁉　ど、どうして……」

ベッドの上で笑うニーナの顔が脳裏に浮かぶ。

「リリアナのふりをしてお前の妹に手紙を送ったら、のこのことやってきたよ。ついでにあることないこと吹き込んでおいた。シルワの王太子に毎日凌辱《りょうじょく》されてるだとか、愛する僕がいる帝国に帰りたいだとか、助けに来て……ってね。妹はずいぶんとリリアナのことを慕っているんだな。『必ずお姉ちゃんを助けてー』って泣きつかれたよ。そのためなら何でもするって言うから戦場に連れてきたんだ」

ニーナは最近元気になったばかりで、世の中のことをほとんどわかっていない。行動する時には全てお兄様に確認するようにと、出発前にあんなに言い聞かせたのに……っ！

しかし、そんな後悔は今更役に立たない。

「ニーナの気持ちを利用するなんて……この悪魔っ！　あなたには人の心がないわけ⁉」

「なんとでも言えばいいさ。今頃、攻撃したらリリアナの妹を殺すぞって脅されて、なーんにもできないんじゃないか？　リリアナが幼少期から全てを捧げて守り抜いた妹を、あの王太子は殺せるかな？」

「……卑怯者……っ！」

ニーナのことが心配だ。回復したとはいえ、こんな戦場までやってきて、どれだけ身体に負担がかかっているだろうか。今頃、流れ矢に当たって怪我をしていないだろうか……。もしゼノが国を想うがためにニーナを傷つけたら……！

そんなことあるはずないと思うのに、ゼノがニーナを斬りつける最悪な場面を想像し、その恐ろしさにぎゅっと目を瞑った。瞑った目からは悔しくて、怖くて……涙が零れた。

私はキッとブルーズを睨みつけた。しかし、涙でその姿はぼやける。涙越しのブルーズは笑っていた。

「あぁ、いい顔だ。リリアナの涙を見ていると、ゾクゾクするよ。だが、卑怯者ではなく……策士、と言ってほしいな。さて、ネタばらしが済んだところで、取引を始めようか。子供をそちらに渡す代わりに、リリアナには僕の物になってもらう」

「今更、自分の物になってほしいと言ったところで、私はシルワの王太子妃よ」

「大丈夫、まだ神の前で誓っていないだろう？　そんなのただの婚約者さ。僕のところに戻っておいで、可愛がってあげる。ついでに目障りなシルワをなくしちゃおうね。リリアナの未練が残るのは良くないから」

「シルワはなくなったりしない……！」

「なくなるよ、リリアナのせいでね。あの王太子がリリアナを愛さなければ勝ち目はあったんだろうけど、彼はそこまで冷酷になれるかなぁ？　それに子供たちと引き換えに君が人質になるんだから、そうなれば今度こそシルワ国は何もできないだろうね！」

嬉しそうに語るブルーズを見て、私は拳を怒りで握りしめた。

「ゼノの足手まといになるくらいなら、この命なんていらない」

「そんなこと言っちゃいけないよ？　大体自分で死ぬのなんてそう簡単じゃないんだから。そんなこと言うなら、これからリリアナにはナイフ一本持たせられないね。気を付けなくちゃ」

人を馬鹿にしたような態度に腹が立つ。こんな奴の言いなりになんかなりたくない……でも、ブルーズの後ろからは確かに子供たちの泣き声が聴こえる。迎えに行かなきゃいけないのに、そうなればシルワに戻ってこれないような気がして、足が動かない。

「そんなにゆっくりしてて、いいのかなぁ～？　迷っててもいいけど、その間にも子供たちを殺していくよ？」

「ま、待って！　行く、行くから……子供たちにはなにもしないで」

「あぁ、リリアナが素直に来てくれれば、子供たちは無事に解放するよ。さぁ、早く僕の元に戻っておいで」

一歩一歩重い足に鞭を打つように進む。あと一歩進めば、ブルーズの手が届く場所まで行ってしまう。本当は逃げ出したい……今すぐゼノの温かい腕に包まれたい。でも――

私は王太子妃だから。ゼノと一緒に戦うって決めたから。私は、ブルーズの目の前に立った。

ブルーズは満面の笑みを浮かべて、ぐいっと私の腰を抱いた。耳元に口を近づける。そして……

「捕まえた」

全身に鳥肌が立つ。私は、ブルーズを睨みつけて言った。

「早く子供たちの解放を」

「了解」

ブルーズは驚くほどあっさりと子供たちを縛っていた縄を解いた。

「良かったな、お前たち。さっさと路地裏に帰れ」

素足の子供たちは泣きながら走り去っていった、帝国の方面に。走り始めた彼らの頭からは作り物のツノが落ちた。

「……魔族の子じゃ、ない？」

「あぁ、帝国のスラムから連れてきた子供たちさ。作り物のツノを付けてりゃ、遠目では魔族の子供たちとそう変わらないだろ？　リリアナは子供に優しいから、きっと引っかかると思ったんだ」

ブルーズの卑怯なやり方には腹が立ったが、純粋に良かったと思った。大人の戦いのせいで子供が命を落とすことにならなくて……

「じゃあリリアナ、帰ろうか、僕らの帝国へ」

ブルーズはそう言って私の手に手錠をかけた。ずしんと手首が重くなる。一瞬のスキをついて逃げようと思っていたのに、これじゃ逃げられない。

ジャラと鎖をブルーズが引くと、手首に痛みが走った。

「よく似合ってるよ、リリアナ。僕に従順になるまでは、これがアクセサリーだからね」

ブルーズは満足げに手錠をつけた私を見つめているが、そんなことよりも今はゼノとニーナが気になる。本当に脅されてシルワ軍は進軍できずにいるんだろうか……

ニーナの……いや、私のせいで。あんなに準備してきて、アイナにも精霊王様にも、エルフ国にまで助けてもらったのに、私のせいで負けたら……シルワ国のみんなに合わせる顔がない。……ゼノになんと謝ればいいのかわからない。

「……ゼノ……」

気付けば、ブルーズに手錠をかけられている状況だというのに、私の頭はゼノのことでいっぱいだった。しかし、ゼノの名を呼んだのがいけなかった。

次の瞬間、私はブルーズに平手打ちをされて、壁に押し付けられた。

「おい……リリアナはもう僕の物だって言ったよねぇ？　なのに、なんであいつの名前を口にしてるんだ!?」

叩かれた頬も、手錠と共に壁に押し付けられた手首も痛い。でも、そんなのゼノが今まで感じた痛みに比べれば、なんともない。そう……ゼノは今まで帝国から押し付けられたこの痛みに耐えてきたんだから……それでも諦めずに今日まできたんだから……

だから、私も諦めない。シルワの……ゼノの勝利を信じる。

「あなたが私のことを捕まえようと何しようと、私の心はあなたの物にならない。私が愛しているのはゼノ・コルシニオスただ一人。この世界で一番かっこよくて、強い男よ。あなたなんてその足元にも及ばない」

「あいつはもうすぐ帝国軍に殺されるんだ!!」

「そんなことにはならないっ！　ゼノは絶対にシルワを守る。彼は諦めたりしない。だから、私も諦めない」

「生意気なんだよ！　そうだ……気が変わった。ここで僕のものにしちゃおう」

「な、なにを……」

ブルーズは私の股の間に無理やり膝を割り入れた。身体を押し付けて、首筋にふーっと息を吹きかけながら、彼の唇が耳元にたどり着く。

「膣内に高貴な僕の子種を注いであげよう……。なぁに、気持ち良くなるだけさ」

「や……やめて……っ！」

ブルーズは私の手を頭上で押さえたまま、首筋に顔を埋めた。気持ち良さなんて微塵もない。あるのは怒りと、悲しみと、恐怖だけ。

私はゼノのものなのに……ゼノが愛してくれた私の身体を汚さないで……！　ブルーズが私に触れるたびに身体が酷く穢されていくような気がする。このままじゃゼノのところに戻れなくなっちゃう……

「嫌……！　ゼノ……っ、助けて……」

そう呟いた瞬間――

ドォオン……と轟音が響き渡り、何かが崩れる音がした。

「……な、何の音だ？」

ブルーズの顔に焦りが見える。私も何が起こったのかわからず、あたりを見回すが何もわからない。

「……ちっ！　嫌な予感がする。躾は帝国に帰ってからだ、行くぞ」

「きゃあっ!!」

ブルーズが焦って、急に鎖を引き、私はバランスを崩して転んだ。

その時、聴こえるはずもない声が聴こえた。

「リリアナっ!?　そこにいるのか!?」

「ゼノ……？　ゼノ、どこ!?　どこにいるの!?」

「おっ、おい！　リリアナ、行くぞ!!」

ブルーズが鎖を引っ張るが、私はなりふり構わず地面に這いつくばって、それを拒否した。

「早くしろぉ!!」

「うっ……！」

ブルーズが身体を蹴ってくるが、私はゼノの姿を確認するまで死んでも動かないと決めた。

「リリアナっ！　待ってろ！　すぐに行く……からなっ!!」

ゴンっ、ドンっ、と壁から音が聴こえる。

え、まさか……？　そう思った時、先ほどと同じドォォン……という轟音が響き渡り、私の目の前にはぽっかりと人一人が通れるほどの穴が開いた。

「ゼ……ノ……？」

穴から出てきた愛しの彼を見た瞬間、ぽろぽろと涙が溢れる。

もう、大丈夫だ……彼を見ただけなのに安心感が私の胸に広がる。土の壁を殴ったせいだろうか……ゼノの拳からは血がぽたぽたと垂れている。

ゼノは、地面に這いつくばり土まみれの手錠を付けられた私を見た後に、ブルーズに視線を移した。

「リリアナに……何を……っ」

「ま、待て！　取引を――……へぶっ!!」

ブルーズが言葉を言い切る前に、ゼノは思いきりその血まみれの拳をお見舞いした。右から一発、左からもう一発……その後も拳の嵐は止むことはない。どうやらゼノが完全にキレてしまっているようだ。

途中途中で「話を……ごふっ！」とか「誤解だ……でふっ！」とか、ブルーズが何やら言おうとしているが、そんな言葉などゼノの耳には微塵も入っていないようだ。ブルーズの顔はゼノの拳の血のせいか、殴られたせいなのか、血で真っ赤に染まっていた。

そこでようやく思い至る。ゼノは拳を怪我してるんだった!!

私は彼に届くように叫んだ。

「ゼノ、やめてっ!!」

「……リリアナ、こいつを庇うのか?」

ゼノがどこかほの暗い目でこちらを見る。まったく、私がブルーズを庇うわけないのに。

「違う! ゼノは手を怪我してるじゃない! そんな奴のせいで手の怪我が悪化するんじゃないかと心配なの!」

ゼノはそこで初めて自分の拳を見つめる。血が出ているのに気付いていなかったようだ。

そして、ブルーズを一瞥。真っ赤なブルーズの顔は腫れ上がり、鼻も折れているのか曲がっている。歯も何本か欠けてしまったようだ。そんな風にぼこぼこにされたからには動けるはずもなく、ぴくぴくと指が動くだけ……この姿を見ても誰も彼が帝国の王太子だとは思わないだろう。

「……それもそうか。ごめん、先にリリアナの手錠を外してやらなきゃいけなかったのに、俺、リリアナが傷ついている姿を見たら、頭に血が上って……ちょっと待ってろ」

ゼノは、ブルーズの服のポケットを乱暴にまさぐる。胸ポケットから出てきた鍵を差し込むと、手錠は外れた。

手首には手錠の赤い痕が残る。それをゼノは悲しそうに見つめた。しょんぼりしてる彼が可愛くて、私は腕を広げて、彼を抱きしめた。

「助けに来てくれて、ありがとう。ゼノ、会いたかった……」

「……遅れて、ごめんな。俺、リリアナに怪我を……」

そんな風に言わないでほしい。そんなことを言うゼノの方がよっぽど傷だらけだ。大きな傷こそないものの、その様子からいかに彼が必死に戦い抜いたかが伝わってくる。

私はゼノの傷ついた手を両手で包んで言った。

「そんなことない、ゼノは私を守ってくれた。助けに来てくれた。ゼノがいたから、耐えられたんだよ。私が頑張れる理由はゼノなんだよ」

「リリアナ……俺も。俺もリリアナが待ってくれていると思ったから頑張れたんだ。リリアナ……愛している、どうかこれからは片時も離れず、ずっと俺の側にいてくれ」

「うん……。私もゼノが大好き、愛してる。ずっと、ずっと一緒にいよう？」

私たちは蕩けるような視線を絡ませ合い……そのままキスをした。ゼノが……私が……互いに存在することを確認するように、優しく……でも、情熱的に。

「ん……ふぅっ。ゼノぉ……」

私の声が漏れた瞬間、ゼノは唇を離し、唇にピッと指を当ててきた。

「そんな声、俺以外の男に聴かせるな。その声が聴けるのは、夫である俺だけの特権だろ？」

そう言って、ニッと笑えば、その仕草も様になるから狡い。もう胸のドキドキが止まらなくて、まるで病気にかかったみたい。ぽぅと熱に浮かされた私の頭を撫で撫でした後、ゼノはまたブルーズへ歩み寄った。地面で気を失っているブルーズの頰をぺちぺちと叩いて起こす。

「おい、帝国の王太子」

「ひ、ひぃ……っ！　お、お前がシルワの王太子か!?」

ひぃ……ってダサすぎる。過去、この人に一瞬でも恋をしたと思った自分が情けない。

「こ、ここに来たってことはリリアナの妹を殺してきたってことだな!?　おい、リリアナ、妹を殺した奴と結婚なんてできないだろう!?」

そうだ、ニーナ！　というか、彼女は本当にこの戦場に来ていたんだろうか……

「馬鹿か。リリアナの妹を殺すはずないだろうが。ちゃんと無事だ、帝国は信用できないから、シルワで保護してるがな。それよりお前、後ろを見てみろ」

「へ？　うしろ？」

後ろを見れば、モクモクと煙が上がっている。

あの場所は……帝国？　呆然とその煙を見つめるブルーズ。

「思考が追い付いてないようだから教えてやるが、帝国は獣人国に攻められてるぞ？　城が落ちるのも時間の問題だろうな」

「そ、そんな…………う、嘘だ」

「嘘じゃねぇよ。お前より賢い部下たちはさっさと帝国に帰ったぜ。馬鹿な王太子に従って、母国を失いたくはないだろうからな」

唖然とするブルーズ。ゼノはそれ以上、彼に何もするつもりはないようだった。

「俺の部下が帝国までお届けするぜ。帰った頃には、王太子の座はないかもしれないがな」

ゼノがそう言ったところで、イズが率いる第三騎士団が帝国側の通路から走ってきた。イズは私の顔を確認すると、ホッとした顔を見せた。

「リリアナ様、ご無事で」

「イズも無事で何よりだわ」

すると、ゼノは得意げにニッと笑った。

「ほら、イズ。俺の方が早かったろ？」

「ははっ……まさか本当に壁を壊してしまうとは。さすがゼノ様です。……これこそまさに愛の力ですね」

そう言って、イズは少し寂しそうに微笑む。彼も私をとても心配してくれていたんだろう。

「じゃあ、イズはこの馬鹿王太子を帝国まで送り届けたら帰ってこいよ。俺は、リリアナと帰る」

「かしこまりました」

イズも疲れてるだろうに、こんなのを送り届けるなんて可哀想。

とはいえ、ここに放置もできないか。

「じゃあ、リリアナ、帰るか。俺たちの国に」

「うん‼」

気になることはたくさんあるけど、今はゆっくりと勝利を噛みしめたい。シルワが無事だと、ゼノが生きているということをみんなで喜び合いたい。

私たちは二人揃って、笑顔でシルワ国に向かった。

「あっ！　お姉ちゃん、久しぶり！　ゼノお義兄《にい》さんも、おかえりなさーい！」

そう言って、私たちを出迎えたのは、他でもない私の妹であるニーナだった。客間で出されたお菓子をもりもり食べていたようで、とても良い笑顔をこちらに向けてくる。その姿は元気そのもので、ベッドの上にいる姿ばかり見ていた私からしてみれば、信じられない光景だった。

「ニーナ……あなた――」

「なに？　元気になった姿に感動しちゃった？　愛しの妹に再会のハグでもする？」

そう言って、立ち上がり、手を広げるニーナ。わなわなと震える私。

「もう……いい加減にしなさいっ！」

「うるさっ」

ニーナが両手で耳を塞ごうと、ゼノや陛下が聞いていようと関係ない！　一言言ってやらないと気が済まない。

「煩《うるさ》いじゃないわよ！　勝手に戦場なんかにやってきて！　お父様とお兄様がどれだけ心配するか考えないわけ⁉　大体、外に出る時は必ずお兄様の許可を取ってからって話したわよね⁉　なのに、なんでこんなところまで来てるのよ！　私を心配してやってきたのかもしれないけど、あなたが戦場まで来たってできることはないでしょうに、ちょっとはそのない頭で考えなさいよ‼」

「あー、はいはい。会うたびに小言を言うのは変わってないんだから。久しぶりの再会なんだから――……っ」

妹は不意に言葉を途切れさせた。私の目に安堵の涙が浮かんでいるのが見えたからだろうか。

「私も……すごく、すっごく心配したんだからね……っ。この馬鹿」

「……ふふっ。お姉ちゃんは少し見ない間に泣き虫になっちゃってさ」

私は自分より小さな妹に抱かれてちょっと泣いた。少し落ち着く時間をもらってから、客間のソファに座り、陛下とゼノにニーナを紹介する。

「先ほどは大変失礼いたしました……。改めまして、この者は私の妹のニーナ・ベルモントです」

「どうもニーナでーす！　姉がお世話になっています！　これから姉共々よろしくお願いします！」

陛下とゼノは微笑んで、普通の令嬢じゃありえないようなニーナの自己紹介も微笑んで聞いてくれる。優しい。

「すみません……ニーナは、昨年までほとんどをベッドの上で過ごしてきたので、常識やマナーというものがずいぶんとその……追いついていなくて。無礼な発言が多いかと存じます……どうかご容赦ください」

「リリアナ、そんなに恐縮しなくて大丈夫だ。リリアナの妹であれば私たちは家族も同然。家族にそんなに気を遣う必要はない」

そう言って、陛下は穏やかに笑ってくれた。その横でゼノも頷いている。二人の寛大さに感動する。

「ありがとうございます……！」

しかし、ニーナは御礼を言うどころか、まじまじと陛下とゼノの顔を見る。

「お姉ちゃん、すっごい良いところに嫁いだのね！　ダンディで優しい義理のお父様に、最強イケメン王太子でしょ？　いいなー！　最初は魔族の国なんて、恐ろしーって思ってたけど、みんな親切だし、空気は綺麗だし、私もここに住みたくなっちゃった」

「ニーナ、あなた何を……」

今まで彼女のわがままに振り回されてきた身としては嫌な予感しかしない。なのに、こともあろうか、ゼノがその意見に賛成の意を示した。

「それはいい考えかもしれないな。リリアナも――」

「駄目！　絶対に駄目です……」

私は思わず大声を上げていた。目を丸くして、ゼノと陛下が私を見ている。

「リリアナ、どうしたんだ？」

ゼノが心配そうにこちらを窺っている。

「ははーん。さてはお姉ちゃん、私にお義兄《にい》さんを取られちゃうと思ってるんでしょー？」

「流石《さすが》にそれはないだろ。な、リリアナ……？」

ニーナに言われたことが図星すぎて、何も言えない。

小さい頃からありとあらゆるものをニーナに譲ってきた。大好きだった絵本、自分で作った人形……ベッドの上で過ごす時間が長いニーナには必要なものかと思って、嫌だとは言えなかった。

私はニーナと違って、走り回れる元気な身体があったから。

ニーナは私が黙っているのをいいことに小首を傾げて、ゼノに甘い声を出す。

「ねぇ、お義兄《にい》さん？　まだ姉とは結婚式挙げてないんですよねぇ？　だったら、私でもよくないですか？　私の方が可愛いし、若くて伸びしろもありますよ？」

「な、なにを言って——」

慌てるゼノに、前のめりで詰め寄るニーナ。

……もう我慢できない！　私は立ち上がって、ニーナに言い放った。

「ゼノだけは何があっても絶対駄目!!　私の夫に手を出さないで!!　ゼノは……ゼノは……っ、私の愛する唯一の人で、私の全てなんだから!!」

沈黙が部屋に満ちる。目を丸くするニーナとゼノ。陛下は変わらず穏やかに笑っている。

……やってしまった。家族の前でなんでこんなに恥ずかしいことを叫んでいるんだろう。きっと扉の前にいる侍従たちにも聴こえていたはず……

すると、突然ニーナがお腹を抱えて笑い出した。

「ぷっ……あははは！　お姉ちゃんてば本気にしちゃって、可笑しいんだから」

「……じょ、冗談でもゼノに迫ったりしないで！　本当に、嫌なの……。ゼノがニーナのことを好きになったらと思うと——」

想像するだけでじんわり涙が浮かんでくる。ニーナの前ではしっかりした姉でいなきゃと思うのに、想像した内容が辛すぎて、上手く感情がコントロールできない。すると、ゼノが私のところに歩いてきて、ソファ越しに後ろからぎゅっと抱きしめてくれた。

「はぁ……、リリアナはどこまで可愛いんだ。俺がリリアナの妹を好きになるはずないだろう？　俺が愛してるのはリリアナなんだから」

こんな恥ずかしいことをみんなの前で言うなんて……でも嬉しい。そして、彼は私の耳元に口を寄せると、こっそりと私だけに聴こえるように囁《ささや》いた。

「……ここまで言ってもわからないなら、後でお仕置きだ」

お仕置き、なんて嫌なのに……ゼノが言うと、どうも甘い響きに聴こえてしまうから不思議だ。どこか期待までしてしまう自分がいる。

私は「……うん、わかった」と呟き、頷いた。「いい子だな」とゼノは頭を撫でてくれ、自分の席に戻った。

「ひゃー、すっかりラブラブなんだね！　お姉ちゃんが別の生き物に見えるわ」

「……う、うるさい」

「ニーナ嬢、あんまりリリアナをいじめないでやってくれないか？　彼女をいじめていいのは俺だけなんだ」

「なっ……！」

「あははっ！　お義兄《にい》さん、最高じゃん！　どうりでお姉ちゃんがますます可愛くなっちゃうわけだ」

「あぁ、俺のリリアナは世界一可愛いからな」

「私だってお姉ちゃんの可愛いところ、いっぱい知ってるよーだ」

「いや、リリアナの可愛いところを一番見てるのは俺だと思うぞ？」

「も、もうやめてよぉ……」

私は、俯いて赤い顔を隠すことしかできなかった。


ニーナから戦場に来ることになった経緯を聞いた。

彼女はある日、私からだという手紙を受け取ったらしい。そこにはとにかくシルワでの生活が辛いことが書き綴《つづ》られており、手紙の最後には『帝国に帰りたいがお父様とお兄様の反対があって帰ることができないから、ニーナの力を貸してほしい』と書かれていたそうだ。

その後、どうしようか迷っていたところにブルーズから連絡があり、戦場まで来て、私を取り戻す作戦に参加してほしいと言われた。そして、然《しか》るべきタイミングで指示を出すから、と後方の馬車の中で子供たちと待機していたらしい。

「それで子供たちは私との交渉に、ニーナはゼノとの交渉に使われたってわけね……本当に卑怯。それにしても、ニーナのことはどうやって助け出したわけ？」

「いや、助け出したというよりも、ニーナ嬢が自ら解決したというか……」

ゼノは苦笑いしながらそう答えた。

どういうことなの？　ニーナにそんな戦えるような力はないはずなのに……

「本当にニーナが？」

すると、ニーナが得意げに事の経緯を語り出した。

「私、馬車から降りたら、背中に剣を突き付けられてさ。あれ、おかしいな？　って思ったの。その上、私に剣を突き付ける騎士が『進軍を止めなければ、リリアナ嬢の妹を殺す』とか意味わかんないこと言うから、これは完全にこっちが悪いなって思ったわけ。それに、極悪非道だと聞いていたはずのシルワの王太子であるお義兄《にい》さんを見たらそんな風にも見えないし、私を心配するその表情からお姉ちゃんを本当に大事にしてるんだなって思ったの。それに、お義兄《にい》さんの剣にはお姉ちゃんのリボンが巻き付いてたでしょ？」

「出発前にリリアナが託してくれたリボンだな」

私がゼノの無事を祈って贈ったリボンで、まさかニーナがそんなことに気付くなんて思っていなかった。

「そう、それ。そのリボンはさ、お母様の形見の一つなんだけど——小さい頃、お姉ちゃんに欲しいってねだったことがあったのよね。お姉ちゃんは基本、私に何でも譲ってくれていたから、もちろんくれると思って言ったんだけど、これは駄目って。泣いてだだをこねた私を見て、お父様も私に譲るように言ったけど、お姉ちゃんは断固としてくれなくてさ。その後、お兄ちゃんから結局同じ色のリボンをもらって、私はその存在を忘れてたんだけどさ。でも、そんなに大事にしてたリボンをお義兄《にい》さんが持ってたから、きっとこの人はお姉ちゃんの大事な人なんだなって思ったの」

「このリボンがニーナに教えてくれたのね……」

「うん。それからは簡単。どっちがお姉ちゃんの味方かわかれば、私のやることは決まってた」

「あぁ、すごかった。帝国軍も、シルワ軍もみんなが驚いてたな」

嫌な予感しかしない。この妹の思考は昔から全く読めないのだ。

「な、何したの……？」

「『シルワ軍の皆さん、私に構わず、帝国軍を攻撃しちゃってください！　そして、お姉ちゃんを幸せにしてくださーい！』ってみんなに向けて言ったの」

「……嘘でしょ⁉」

そんなこと言ったら殺される可能性だってあったというのに、何て無謀なことをするの⁉

彼女がこうやって私の隣に無事に座っているのは奇跡としか思えない。

「そしたら、ニーナ嬢の後ろの騎士が『馬鹿なこと言うと、痛い目に遭うぞ』って脅したんだが、『私の命はお姉ちゃんに貰ったようなものなので、お姉ちゃんの幸せの妨げになるくらいなら、喜んで差し上げます』って笑顔で言い放ったんだ。大した度胸だよ」

ニーナの命が私に貰ったもの……？　彼女がそんな風に思っていただなんて……

確かに彼女がこれほど元気になったのも、私がシルワに嫁いだことで帝国から莫大な謝礼が出てそれを治療費に充てられたからではあるが、そんなことなんとも思ってないと思ってた。

普段から私がどんなにお世話をしても、夜通し看病をしても「ありがとう」の一言もなく冗談ばかり言う子だったから、私が治療費を出すのは当たり前くらいに考えているのかと思っていた。その彼女が自分の命を犠牲にしようとしてまで、私の幸せを考えてくれていたなんて。つい涙腺が緩む。

この戦いで知った、家族から愛されていないなんてただの思い込みだったことを。みんな口にしないだけで、私を自分なりに大事に想ってくれていた。そんなことにも気付かなかったなんて、どれだけ余裕がなかったんだろう。

ぐっと押し黙った私の気持ちが落ち着くまで、ゼノも陛下も……いつもは煩《うるさ》いニーナも待ってくれる。私はたくさんの愛に囲まれていた、自分が気付こうとしなかっただけで。

私は微笑みを浮かべて、ニーナにいつもの調子で言った。

「ニーナの命なんていらないわよ！　私は私で勝手に幸せになるから、二度とこんなことしないでよね！」

「まったくもー！　お姉ちゃんたら、素直じゃないんだから」

するとゼノが続きをニーナに促した。

「それから……な？」

「そうそう、説教してやったの。天下の帝国騎士団が脅すことでしか戦えないなんて恥ずかしいと思わないのかって。大体この戦いに、大義名分があって来てるの？　ただ王太子のわがままに付き合ってるだけなんじゃないの？　ってさ」

「帝国軍の奴ら、皆ポカンとしてさ。帝国の騎士団長も何も言い返せなかったことで、完全に士気は下がっていたな」

「ねー、騎士なのに情けない。だから、私は油断した後ろの騎士の金玉を蹴って――」

「ニーナ!!」

貴族令嬢として公然とありえない言葉を口にした妹を咎める。今度、徹底的に令嬢としてのマナーを仕込んでやるんだから……！

「おっと……少し口が悪かったね。えっと、私は騎士の大事なところを蹴って、シルワ軍の方へ逃げ出したわけ」

「はぁ……危険すぎるわよ。怪我をしたら、どうするつもりだったの……」

「そうしたら、またお姉ちゃんが看病してくれるかなって」

「そんなんで済むはずないでしょ⁉　ようやく元気になったっていうのに、ベッドから出たらこんなに手が付けられないなんて……」

もう信じられないお転婆具合にため息しか出ない。

「まぁまぁ、リリアナ。ニーナ嬢の動きでシルワ軍が助けられたことは事実だから、そう怒らないでほしい」

「そうだけど……。わかったわ、もうこんな危険なことはしないって約束して」

私はニーナの目をしかと見て、そう約束させた。

「はいはーい！」

その返事はあまりにも軽率で不安しか残らなかったけれど。

「で、その後は？　帝国が獣人国から侵略されたのは事実なの？」

「あぁ。その後、俺たちはすっかり士気の下がった奴らを順調に退け、帝国から煙が上がったことを教えてやった。戦いの前にノーツから言われたんだ。俺たちが帝国と戦闘中に獣人国が帝国を攻撃するかもしれない、と。獣人国は繁殖力も高いから、近年領土が足りず、土地を広げたかったらしい。今まではシルワ軍が帝国軍として獣人国軍を退けていたがそれもないし、帝国軍もほとんど出兵するとなると、獣人国にとってはこの上ないチャンスだからな。ノーツが獣人国と友好的な関係を築いてくれていたからできたことだ」

この戦いの中で、ゼノとノーツ陛下は信頼を深めたようだった。さっきノーツ陛下と顔を合わせた時も私への挨拶はほどほどにゼノと楽しそうに会話をしていたから。これからは友好的な交友関係が築けそうだ。

「うん、ありがたいね。今度、改めて御礼をしないとね」

「そうだな」

それと、もう一つ気になっていたことを私はゼノに尋ねた。

「でも、私が裏道にいることはどうやって知ったの？」

「それが……帝国の騎士団長が教えてくれたんだ。去り際に裏道にリリアナが来ていて、帝国の王太子が連れ帰ろうとしているって。……彼らもこの戦いには疑問を抱いていたんだろうな」

「そうだったんだ……。でも、壁を壊すのはやりすぎよ！　帝国軍を退けたなら反対側の通路から来ることもできたでしょうに。……そんなに手まで痛めて……」

ゼノの拳にはまだ痛々しく包帯が巻かれていた。しかし、ゼノは他に選択肢はなかったというように首を横に振った。

「居ても立ってもいられなかったんだ。リリアナに何かあったら、悔やんでも悔やみきれない。……俺にとっても……リリアナは俺の愛する唯一の人で、俺の全てだからな」

「ゼノ……」

ゼノと視線が絡む。甘く優しく蕩ける彼の瞳を見てると、私の身体は幸せで満たされる。彼に愛されているという事実がたまらなく嬉しい……

すると、私の隣からこそこそと話す声が聴こえる。

「陛下。これは私たち退散した方が良さそうじゃないですか？」

陛下にさえ慣れ慣れしい我が妹。常識をベッドの上に置いてきてしまったに違いない。

「そうだな、ニーナ嬢。そなたはシルワ王宮の庭園でも散歩してみてはどうか？　腕利きの騎士をお供に付けよう」

「ありがとうございます！　イケメンでお願いしまっす！」

もうヤダ、この妹……。私は、大きくため息を吐いて、今後この妹をどう制御すればいいのだろうかと頭を抱えた。

▲▲　△△　▲▲

その後、今までシルワ国を属国のように扱っていたトゥグル帝国は、自分たちが正真正銘、獣人国の属国となった。とはいえ、獣人国が国の実権を握り、実質、国の運営は獣人国の選定した人間の大臣たちが行ったため、国内の膿が出され、人々の貧富の差が縮小し、むしろ、暮らしやすくなったくらいだと評判だった。今まで放置されていた土地が活用され、そこに獣人国から溢れた獣人が住み着いた。

一方で、元々帝国のトップに君臨していた皇帝家はというと、帝国の外れで平民として監視されながら暮らすことになった。精霊信仰の篤《あつ》い獣人国が精霊に最も近いと言われる皇帝家を処刑するのは、水の精霊の怒りを買うことになるかもしれないと考慮したためだ。

処刑は免れたとはいえ、彼らのプライドが深く傷つけられたことは言うまでもない。ブルーズは、キャズという世話役が甲斐甲斐しく世話をしているらしいが、ショックから外に出られないらしいと風の噂で聞いた。今となってはどうでもいいことだが、シルワとの縁を結んでくれたことだけは唯一感謝している。

私の家族であるベルモント家は、シルワ国に移住し、国内唯一の人間の貴族となった。爵位は戦争が起こることを事前にリークした功績を考慮し、帝国にいる時と変わらず子爵だ。

お父様は家督をお兄様に譲り、シルワでの生活を楽しんでいた。すっかりシルワの自然に魅せられたらしく、魔族の方々に教えを乞いながら、農業にはまっている。お兄様は、シルワに来てからも外交官として活躍している。子爵という爵位だからなのか、王太子妃の兄だからなのか、そこそこ整った容姿のせいなのか、社交パーティなどでは人間にもかかわらず人気らしい。不愛想で、無口なのに、なかなかやるものだ。

そして、問題の我が妹はというと……

「イズ様！　今日でお姉ちゃんはもう完全に無理になるし、私で手を打ちましょうよー！」

「だっ、だから！　リリアナ様は関係なく、ニーナ嬢とはそんな関係になれないと言っているじゃないか！　大体私は君より十歳も上なんだぞ⁉」

「愛に年齢差など関係ありません！」

「第一、君はまだ十五にもなってないじゃないか！」

「シルワなら十五でも結婚できると聞きました！　あと数か月すれば、私の準備はオッケーです！

ここの式場で私たちも式を挙げましょう？」

「私がオッケーではない！　君のような子供を伴侶にするわけには……！」

「子供かどうか確認してみます？　お姉ちゃんに似て、私も意外と実ってますよ？」

「ばっ、馬鹿なことを言うなーっ‼」

ニーナが初めてシルワに来たあの日、彼女は陛下に紹介されたイズを見て、一瞬で恋に落ちてしまった。その後、庭園を案内してもらったらしいのだが、彼女はイズしか見ていなかったせいで、庭園で見た花を一つも覚えていなかったほどだ。

そこからニーナによるイズへの猛アタックが始まった。毎日繰り広げられるこのやり取り、最初のうちはイズに申し訳なくてたまらなかったが、ニーナの興味がイズに向いていた方が彼女が変なところへ行くこともないし、平穏無事だと気付いてからは、妹の初恋を温かく見守ることにしたのだった。

もしイズとニーナが上手くいった際に、ニーナの義妹になるであろうベルナは、ニーナを面白いと気に入っているし、そう悪い話ではないと思う。ニーナが危険な場所に行っても、イズなら連れ戻すことができるし。それに、イズが私を見ていると我が愛しの婚約者の機嫌が悪くなるから、しつこいくらいにニーナが追い回している方が私たちの間も平和なのだ。愛しの婚約者様……それも今日で終わりだけれど。


私たちは今日、結婚式を挙げる。愛する家族と、たくさんの友人に見守られて――

お父様はお母様の写真を抱いて泣いていた。その隣に立つお兄様は珍しく微笑んでいる。ニーナは席から外れて、イズにくっついて泣いている。イズはそれを仕方なく受け入れている。ベルナは私の花嫁姿を目に焼き付けようと鼻息荒くフンフン言っているし。本当に面白い人たちだ。

エルフ国からはノーツ陛下とマオ様が参列してくれた。マオ様は無事に風の精霊士として認められ、ノーツ陛下と結婚された。そのお腹には既に新しい命が芽吹いているらしい。エルフ国とはあれ以来、友好的な関係を築いていて、新たに二国間に貿易路を作ろうかという話も出てきているくらいだ。

そして、獣人国も今回の式には参列してくれた。獣人国のトップは獅子の獣人であるゼラン陛下だ。見た目も性格もなかなかに威圧感のある方だが、今後は上手く付き合っていければと思っている。その隣には、シルワ国で初めての取引先となってくれたナーチェが誇らしそうに胸を張って立っていた。各国のトップが顔を揃える式に呼ばれたことが嬉しくてたまらないらしい。胸元には彼女の顔ほどもあろうかというブローチが光り輝いている。

皆の前で一生の愛を誓う。少し照れくさいけれど、堂々と胸を張って、誓える。

私がこんなに愛せるのも、私をこんなに愛してくれるのも、ゼノ・コルシニオスただ一人だと。

二人で目を合わせ、光満ちる中で微笑みを交わす。

「誓いのキスを」

ゼノが私のベールを上げる。

「リリアナ、愛している。これからもずっと俺の側に」

「私も愛してる。死ぬまで離してあげないんだから」

「望むところだ」

ゼノが不敵な笑みを浮かべた後、ふんわり優しいキスを落とす。

目を伏せて受け入れながら思う。なんて幸せなんだろう……

その時、頭上から声が聴こえた。

「親友からのプレゼントよ♪」

次の瞬間、参列者席から感嘆の声が上がる。

目を開けてみると、色とりどりの花々が次々に現れては落ちていく。見事なフラワーシャワーだった。床は様々な色の花びらで埋め尽くされ、あっという間に花の絨毯《じゅうたん》ができる。

素晴らしい光景に「わぁ……！」と喜びの声を上げると、私の小さな親友が肩に飛び乗った。

「アイナ……ありがとう……！」

「まぁ、精霊王からすれば、こんなの朝飯前よ」

アイナは無事に精霊王になっていた。とはいえ、力の制御が十分ではなく、父である元精霊王様の力を借りることも多々あるらしい。でも、このフラワーシャワーは彼女が一人で準備してくれたことが何となくわかった。彼女の温かさを全身で感じるから。

「アイナ、これからもよろしくね」

「こちらこそ、私の大親友さん！」

私たちはこつんとおでこを合わせて笑い合った。

ここシルワに来た時は、アイナと二人ぼっちだったのに、今はこんなに多くの人に囲まれて……しかも隣には最愛の人までいるなんて、なんだか変な気分だ。こんな幸せな光景があの日から続いているなんて想像もできなかった。それも全部、アイナが側にいて、いつでも私の味方でいてくれたおかげだ。私はこれからもずっとずっと幸せでいるんだ。それがアイナへ感謝を伝える最大の方法だと思うから。

幸せを維持するのはそう簡単ではないだろう。最愛のゼノと喧嘩をすることも、予期せぬ事態が私たちを襲うこともあるかもしれない。でも、どんなことが起きたとしても諦めずに私は幸せでいる努力をしようと思う。愛も、幸せも自分から探してみれば、いつでも私の側にあるはずだから。

花の香りに包まれるなか、私はゼノの腕に手を絡ませて、目を合わす。馬車から降りたあの日、私を睨みつけていた少し生意気な瞳は、いつの間にか愛しさが溢れる頼もしい瞳になっていた。

私たちは微笑みを交わし、外に向かって歩き出した、同じ方向を向いて。

エピローグ

「……うそ……。昼に……なっちゃったの？」

本来、燃え上がるはずの初夜を、私たちはなんと……寝て過ごした。

いや、正しくはほとんど寝られずに過ごしたのだ。式が終わった後に行われるパーティには、国内外から多くの貴族が集まった。パーティの始まりを告げる新郎新婦のダンスから始まり、その後は怒涛の挨拶ラッシュ。前半は多くの人にお祝いしていただけて嬉しいなーなんて思っていたが、後半からはただ笑顔を貼り付けて、早くその時が過ぎるのを待った。

大変だぞ、と陛下から言われていたものの、こちとら王太子妃教育もばっちり済ませた貴族令嬢だし！　と高をくくっていたが……甘かった。

深夜までパーティは続き、ダンスを披露し、挨拶をし、またダンスを披露するの繰り返し。皆、それぞれ帰ったり、休んだりして過ごすが、主役の私たちに休みが与えられるはずもなく、終わったのは夜明け前で、その後部屋に帰った私たちは泥のように眠ったのだった。

「うぅ……こんな初夜になるなんてぇ……」

しかし、ゼノは気にした様子もなく、けらけらと笑っている。

「ほんとに大変だったよな。父上から聞いてはいたが、想像以上だった」

そう言って、ゼノは私に眠気覚ましの紅茶を淹れてくれた。最近気付いたことなのだが、ゼノは紅茶を淹れるのが上手いのだ。ベッドに座る私に温かな紅茶を差し出してくれる。

……私の旦那様、かっこよすぎるよね？

そこで、もう昼なのに、ゼノがここにいてもいいのかという疑問が湧く。

「そういえば、もう昼だけど、執務に行かなくて大丈夫なの？」

「俺の予定見てないのか？」

そんなに驚いた顔で見ないでほしい。いつもチェックするようにはしてるが、結婚式前でバタバタしてたのだ。招待客の情報を頭に叩き込むのに必死だったし……

「あー……私も式の準備でここのところ忙しくて……。ごめん、把握できてない」

「ふふっ。そうか……じゃあ、リリアナの予定は？」

「え……四日か五日くらい休みだった気がするよ。仕事を入れようとしたら、なぜかベルナに冗談やめてくださいって笑い飛ばされたもの」

「ふーん……リリアナは式の後、すぐに仕事するつもりだったんだな？」

ゼノの声が少し低くなる。彼は私の隣に座って、紅茶をコクンと飲んだ。

「え……だ、駄目だったの？」

「仕事熱心なところも好きだが、新妻の仕事はほかにあるんじゃないか？」

耳にゼノの唇が寄せられ、熱っぽい声でそう囁《ささや》かれる。背中にぞくっと甘い予感が走った。

「ほ、ほかに……？」

ゼノは自身のカップをサイドテーブルに置いて、指に私の髪を絡ませた。

「俺をほっとくつもりだったのか？」

「……だって、ゼノも執務があるのよね？」

ゼノは私の問いには答えず、私の髪にキスを落とした。そして、横から窺うようにして、上目遣いで見てくる。

「リリアナは知らなかっただけなんだよな？」

「な、なにを……？」

「シルワ国では初夜は皆で喜びをわかち合う時とされているんだ」

「みんなで……」

「そう。そして、初夜が終わった翌日からが本番」

「本番？」

どういうことだろうか？　結婚式も初夜も終えたというのに、何をやることがあるのか。

私が首を傾げる様子を見て、ゼノはくすっと笑った。

「そこからが夫婦となった二人の時間だ。初夜が終わって、翌日から四日間、二人きりの時間を過ごすんだ」

「四日間……。二人きり……」

「そう四日間は、二人きりで、お互いの顔しか見ず、過ごすんだ」

「そう、なんだ……」

ただ漏れるゼノの色気にくらくらする。さっきから私の腰に手を回して、腰を撫でたり、首に顔を埋めたり、甘えているような……誘っているような行動を繰り返すのだ。その上、ゼノの黒い瞳には確実に妖艶な炎が見てとれてゼノの話の信憑性を高めていく。

「これから四日間、リリアナは俺以外をその目に映してはいけないし、俺以外の誰にも触れてはいけない。俺も四日間、正真正銘リリアナだけのものだ」

ドクンと心臓が跳ねる。私だけがゼノを独占できる四日間なんて、どんなに幸せだろうと思う反面、少し怖い。自分がどうなってしまうかわからない。

そのせいか、私は軽く流すように笑ってゼノに言う。

「そ、そんなの無理、じゃない？　だって、ご飯とかあるし」

「呼び鈴を鳴らし、扉越しに伝えれば、服だろうが食事だろうが、必要な物は持ってくる。風呂やトイレは部屋にあるし、大浴場を使いたいと伝えれば、俺たちが屋敷内を歩く間は全員その姿を目にしないよう部屋に閉じこもってくれる」

「す、すごいね……」

想像以上のサポート体制に唖然とするしかない。それなら確かに生活はできそうだけど……

そう考えているところで、ゼノが私の耳元にチュっとキスを落とし、囁《ささや》いた。

「だから裸で廊下を歩いて大浴場まで行くことも可能だぞ」

「へっ、変態!!」

私は耳を押さえてゼノから離れる。自分でも顔が真っ赤になっていることがわかるほど、熱い。

「くくっ、冗談だというのにそんなに動揺するなよ。そういうこともできるって例えで言っただけだ。やるとは言ってない。……まぁ、俺はリリアナが望むなら大歓迎だが」

「……そんなこと、望むわけないでしょ！」

「それは残念。ところで水分補給は済んだか？」

「え？　紅茶は飲み切ったけど……水分補給？」

ゼノは私の手から紅茶のカップを取り上げる。それをテーブルに置くと、ぎしっとベッドに乗ってきた。

「あぁ、これからたっぷり汗を流すからな」

彼が言わんとしていることはわかるが、カーテンを閉めてもまだまだ明るい時間帯……こんな時間から交わるなんて嘘でしょ？

「あの……まだ昼ですけど……？」

私との距離を詰めてくる彼、じりじりと追いつめられる私。

背中がトン、とベッドのヘッドボードに当たったところで、彼は悪戯《いたずら》に微笑んだ。

「普段ならできないことをやるのが、この期間の醍醐味だろう？」

その美しさに息を呑む。もう、この人からは一生逃げられないんだ……そう本能的に感じた。私が見とれている間に、彼はシャツを豪快に脱ぎ捨て、上半身を露わにした。昼の明るいところで見るその身体は少し汗ばんでいて、その汗さえもキラキラと光って魅力的に映る。少し焼けた肌、彫りの深い筋肉、ところどころに残る傷跡……

彼を構成するそのどれもが美しくて、私は動くことができなかった。

「見てるだけでいいのか？　……俺はもう我慢できないけどな」

彼はそう言うと、私の胸元に唇を寄せた。その瞬間、ちくっとした痛みが走る。

「……っ！」

そして、満足そうに離れると、私の胸元に咲いた紅い華を見て、満足そうに微笑んだ。

「ずっと付けたかったんだ、その白い胸に俺の印を……」

キスマークなんて今まで付けたことなかったから、私は驚いた。

「なんで……」

「みんな知ってはいるだろうが、一応結婚前だったからな。対外的にはバレないようにするのがマナーだろ？　でも、もうリリアナは完全に俺の妻になった。その白い肌にいくら俺の印を付けたって誰も咎めることはない」

「そうだけど……」

「……嫌か？」

いつもは強引なくせに、私が少しでも違う態度を見せると、心配してくれる優しい彼。こんな彼に愛されて……独占欲丸出しにされて、嬉しくないはずがない。昼とか夜とかもう関係ない……この四日間は何も考えずに、素直になっていいんだよね？

「……嫌じゃない、よ？　嫌なわけない。……もっとゼノの物だって私の全部にわからせて」

その言葉がスタートの合図のようにゼノは私の着ているものを剥がしながら、あらゆるところにキスを落とした。首、鎖骨、胸、お腹、内腿《もも》、くるぶしまで……最初は微かな痛みを感じていたそれも、いつの間にか快感に変換される。気持ちいいとしか考えられなくなって、小さな紅い華が咲くたびに私は小さな悦びの声を上げる。ゼノが私の全身にキスを落とした頃には私は何も身に纏《まと》っていなくて、明るい部屋で私は全てをゼノにさらけ出していた。

「綺麗だ……リリアナ」

「はぁ……ん、ゼノ……」

私たちは引き合うようにキスをした。彼は私の頭を抱えて、まるで私を捕食するかのような激しいキスをくれる。ゼノから与えられる唾液はまるでいつか飲んだ媚薬のように甘くて、私をおかしくさせた。私は恥ずかしさもなく、ゼノを全身で求めた。首に腕を回し、夢中で彼の舌を追いかける。

お腹に押し付けられる彼の肉棒は酷く熱くて、早く中に入りたいとばかりに私のお腹に何度もこすり付けられている。私のお腹は彼の先走りで濡れていた。それさえも全部が彼の匂いに包まれるようで悦びしかなくて、もっと汚してほしいとさえ思う。

息が切れるくらいのキスをして、唇を離せば、私の唇からはどちらのものともつかない唾液が一筋流れた。それをゼノはペロッとひと舐めした。その顔はどこか悪戯《いたずら》っ子のようで、胸がキュンとする。

「はぁ……っ。ゼノ、なんでそんなにかっこいいの？」

「なに馬鹿なこと言ってるんだよ。リリアナこそなんでこんなに可愛くて、綺麗で、エロいんだよ。

魅力的すぎて、男も女も見境なく寄ってくるから、俺の目に届くところに置いておかないと心配でおかしくなりそうなんだ」

「じゃあ……ずっと見てて。ずっとゼノの目に映っていたい……」

「あぁ、遠慮なくそうさせてもらう。後で窮屈だとか言うなよ。もう、リリアナは俺のだ」

ゼノはそう言って、愛撫を再開させる。今までも散々弄《いじ》られてきた胸は、ゼノの与える快感に従順だ。彼が優しく揉みしだけば、もどかしさを感じながら身を捩るしかない。くるくると遊ぶように頂の周りを舐められれば、いとも簡単に私の頂は勃って、より大きな刺激を求める。

「あっ、ふっ……、ゼノ、ゼノ……っ」

「カチカチに勃ってるな。今、楽にしてやるからな」

彼の口に乳首が含まれるとちゅぱちゅぱと優しく舐められる。もう一つの頂も人差し指と親指の間で優しくコスコスされるだけだ。

もっと、もっと強い刺激が欲しいのに……！　私はゼノの頭を抱えて、自分の胸に押し付けた。むにゅんと私の胸は形を変え、ゼノの頭が沈み込む。

「おっふ。我慢できなくなっちゃったのか？　じゃあ……」

コリっ。

「やぁああんっ!!」

彼が乳首を甘噛みした瞬間、私の身体はビクビクと跳ねた。イったというのに、彼は胸への愛撫を止めようとしない。優しく擦っていた方の乳首もぐにぐにと容赦なく潰され、引っ張られるのに、それが気持ち良くてたまらない。

「やっ、あんっ、おっぱい、好きぃっ!!」

「こんなに大きいのに胸が性感帯とかほんとありえないよな。リリアナ、パーティに出た時に他の奴にぶつかられただけでイっちゃうんじゃないか？　ダンスの時に胸板に乳首がこすれたらどうすんだよ？　こんなエロい声出して、踊るのか？」

そんなはずない。ゼノ以外に触られても気持ち悪いだけだもん。そう言いたいのに、やむことのない胸への愛撫に言葉が紡げない。

「否定できないなら、ほかの奴らとはもうダンス禁止な。リリアナはこの先、俺としか踊っちゃいけないから」

「あっ、ちが……っ！　ああっん！」

「ははっ、またイったのか？　ちょっとは我慢しないと身体が持たないぞ？」

イかせたのはゼノのくせに、そんな言葉を吐くんだから、ゼノはやっぱり意地悪だ。とんでもなく優しいと思えば、ベッドの上では私を容赦なく攻め立てる。

……そんなところもかっこいいと思ってしまう私は重症なんだろう。

肩で息をする私を見て、ゼノは嬉しそうに笑う。額にチュっと優しいキスをした後に、今度は耳元で囁《ささや》く。

「今度は二人で気持ち良くなろうな」

「あ……待って、まだ息が――……っ！」

整っていないと言おうとしたのに、彼は休憩を与える気はさらさらないようで、私の秘芽をピンと弾いた。

「こっちも上手に勃起してんな。かわいい」

そう言うと、彼は強弱を付けながら、刺激を与えていく。

「やぁ、捏ねないでぇ！　また……またっ、イっちゃうってばぁ!!」

「そうか」

すると、彼はあっさりと秘芽から指を離した。捏ねないでとお願いしたのは自分なのに、止められてしまえば、寂しくて、もっと触ってと言いたくなる。

でも、その時、彼の肉棒が目に入った。血管も浮き出て、さっきから反り返って私の中に入りたいって言ってる……。ゼノが目で訴えてくる。その目はもっと求めろと言っているようで、私は大きく股を開いて、ゼノに見せ付けるように両手で蜜口を大きく開いてみせた。ぬちゃぁ……と恥ずかしい音を立てて、蜜口は開いた。

ご馳走を目の前にした時のようにゼノが生唾を呑み込むのが聴こえる。

「ゼノ……私のえっちなこの穴にゼノのを、突っ込んで。ゼノの好きなようにたくさん擦って、中に……私の一番奥に溢れるほどの愛をちょうだい？」

彼が私に覆い被さってくる。そして……バチュンっ！　彼は容赦なくその肉棒を私の最奥に突き入れた。目の前に星が飛ぶ。

「リリアナ、やばい……っ」

「はぁ、はぁ……私も……っ」

「この四日間は……乾く暇もないくらいずっと繋がってような……っ」

パチュンパチュンとゼノが挿入するたびに蜜口からは愛液が噴き出す。全身気持ち良くて、幸せで、このままゼノと一緒に境目もないくらい溶け合いたいという想いだけ。心からこの人の一部になれたら、どんなに幸せだろうと思う。

あまりの気持ち良さに浮いた私の腰をゼノは掴んで、もっともっとと深く挿入してくる。

「ひっ……はっ……！　おく、おく、イイよぉっ!!」

「あぁ、最高だな。ふっ……リリアナの中が俺の子種が欲しくて、搾り取ろうとしてくる……っ」

「だって、らって……きもちイイっ！　ゼノっ、ゼノっ!!」

あまりの快感に振り落とされてしまいそうで不意に不安に駆られる。私は腕を伸ばして、彼を求めた。私の両手は彼の両手と繋がり合い、唇を押し付けられる。唇も、手も、蜜口も全てゼノと繋がっている。繋がっている全ての部分から快感が生まれるようで、頭に……身体に快感が満ち、溢れそうになる。

「あんっ、イっちゃう！　ゼノ、ゼノも一緒にきてぇっ!!」

「あぁ、一緒にイくぞ」

「あああーっ！」

ゼノの子種が勢い良く私の子宮に直接吐き出されるのがわかる。私はそれを悦びに震えながら、受け取った。

彼が私の身体に倒れ込んでくる。熱い彼の身体に包まれると気持ち良くて、私は彼の背中に腕を回した。

「ゼノ……私、幸せ……。私と結婚してくれて……こんなに愛してくれて……、ありがとう」

私の言葉を受けて、ゼノは私をより強く抱きしめた。

「それは俺の台詞《せりふ》だ。リリアナと出会うまで、こんなに心が満たされる幸せも、自分より大事な誰かがいることの強さも俺は知らなかったんだから……。リリアナに出会えて、本当に良かった……」

涙が溢れる。この人に出会うために私は生まれてきたんじゃないかと思うくらい、今この瞬間が幸せだ。

彼が緩く腰を動かす。性急じゃないその動きも身体にまた大きな快感を生み出す。でも――

「だめ……もうイきすぎて、辛いよぅ」

「じゃあ、イかないようにするから、リリアナと繋がってたい……」

そう言って、私の胸に顔を置いて、潤んだ目で甘える彼が可愛くて仕方ない。力強くリードしたかと思えば、こうやって甘えてくるんだもん……本当に狡い。

「わかった……。でも、あんまり激しくしないで、一旦休みたいの……」

「了解。じゃ、リリアナがイかないようにするな」

しかし、この後……私は彼のことを優しいなんて思った自分がいかに馬鹿だったか思い知ることになる。

「やっ、もぉ……無理ぃっ！　お願い、イかせてよぉ！」

「イきたくないから激しくしないで、って言ったのは、リリアナだろ？」

私は涙を流し、いやいやと首を横に振る。

「ちがっ……あっ、もうイきたいの！　お願い、お願いだからぁ」

ゼノは私のイきたくないという言葉を忠実に守り、私が達しそうになったら、ぴたっと動きを止めるを繰り返した。もう大丈夫だから激しくしてとお願いしても、もう少し休んだ方がいいとか言って、強い刺激は与えてくれない。

そのせいで私はぎりぎりの快感をずっと身体にため続けることになった。乳首も、陰核も痛いくらいに勃ち上がり、少し強い刺激をくれればイけるのに、ゼノは快楽の階段を上がることも下りることも許してはくれなかった。

「イきたくないって言ったり、イかせてって言ったり、リリアナはわがままだな」

「ごめっ、ごめんなさいっ……！　でも、お願い。ゼノのおっきいおちんちんが欲しいの……」

「ふっ……。リリアナの口からそんなエロい言葉が出るなんて、相当限界なんだな。わかった……じゃあ、今度はやめてって言ってもやめてあげられないけど、いいんだな？」

「うんっ。いいから、ゼノの好きなだけセックスするからぁ！」

「いつもいい子のリリアナが俺の前ではこんなに乱れるなんて……ゾクゾクする。もう容赦しない。この四日間でリリアナの全部を俺のにするから……」

容赦してくれたことなんてあったっけと頭の片隅で思ったけれど、今はそれより早くめちゃくちゃにイかせてほしい。もうゼノのことしか考えられないくらいに。

「リリアナ……もう俺がいないと生きられない身体にしてやるからな」

私はその後、みっちりとゼノに教えられることになった。今が昼だとか夜だとかそんなことどうでもよくて、私の目に映るのは、ただ嬉しそうに本能のまま私を求めるゼノの姿だけだった。ゼノの目に映るのも今まで見たこともないくらいに乱れる私の姿だけだったと思う。私は、数えられないほどイった後、気を失うように深い眠りについたのだった。


「ん……ゼノ？」

起きると、ゼノはベッドにいなかった。身体を起こして、部屋を見渡してみても見当たらない。

「ゼノ？　どこなの、ゼノ⁉」

彼がいなくなったと思ったら、体温がスッと下がった気がした。すると、がちゃっと浴室の扉が開き、腰にタオルを一枚巻いただけのゼノが出てきた。

「リリアナ？　どうしたんだ、涙ぐんで……」

へなへなと身体の力が抜ける。普通に考えれば、トイレだとかシャワーだとかそんなのわかることなのに、なんだかすごく焦ってしまって、恥ずかしい。これじゃ本当にゼノがいないと駄目みたいじゃない……。私は俯いて、ベッドのシーツを抱きしめた。

くすっと笑って、ゼノがこちらに歩いてくる。ベッドに乗ったゼノは私の後ろに回り込むと、背後から抱きしめてくれた。風呂上がりのその身体はまだ温かくて、心細くて冷えた私の身体を温めてくれた。

「ごめんな、リリアナ。よく寝てたから、起こしたら悪いかと思ったんだ。そんなに寂しがるとは思わなくて……。でも、そうだよな。今は俺とリリアナしかいないような世界だもんな、起きて一人なんて寂しいに決まってる」

「馬鹿にしないの？　ただお風呂に入ってただけだろうがって」

「馬鹿にするはずないだろ。愛する人が泣いてるのに」

彼の優しさがじんわり胸に染みる。

あ、でも、先ほどまで私のことを散々泣かせてたのもこの人だったっけ。

「ふふふっ」

思わず笑い声が漏れる。彼が戻ってきただけで、一瞬で嬉しくなって安心するなんて、単純な私。

「もう大丈夫みたいだな。そうだ、お腹空いてないか？　さっき軽食を用意するよう頼んでおいたから、扉の前に置いてあるはずだ」

ゼノは扉の前まで取りにいってくれ、少し扉を開けると、ワゴンごと部屋に運び入れた。ワゴンの上にはサンドイッチやドリンクが並んでいる。ゼノが尋ねる。

「食べるか？」

「食べる！」

実はさっきホッとした時に気付いたのだが、お腹ペコペコだったのだ。ゼノは再び私の後ろに回り込むと、私の前にサンドイッチのお皿を置いた。

「ベッドなんかで食べていいの？」

「別にいいだろ、誰も見てないし。それとも、リリアナはテーブルで食べたいか？　俺はリリアナとくっついたまま食べたいけど」

「……私も、そうしたい。普段ベッドの上でなんか食べられないし……」

「じゃ、決まりな。俺が食べさせてやる」

「え？　……んうっ」

ゼノが私の好きなチーズサンドを口に運んでくれる。もしゃもしゃと咀嚼すれば、今度はドリンクを口に運んでくれる。

「……ぷはっ。そんなに子供みたいに世話しなくても、自分でできるってば」

「そんなの知ってる。けど、俺が甘やかしたいんだよ。いつも頑張ってくれてるからな」

ゼノは私の頬に柔らかなキスを落とす。

甘い……私の旦那様が甘すぎる。

「ほら、もっと食べるか？」

「あ、大丈夫だって――……もぐ」

「ふふっ。餌付けされてるみたいだ。ほんとかわいいな、癖になりそ」

「駄目だよ！　みんなの前でこんなのされたら、恥ずかしくて……」

「じゃあ、二人きりの時ならいいのか？」

「そ、それは………時々、なら」

「わかった。リリアナを特別甘やかしたい時にやるな。ほら、飲め」

「うん……美味しい。ありがとう」

「いいえ、俺のお姫様」

二人で頬をくっつけ、時々軽くキスをしながら食べ進める。ゼノは優しい瞳で、私が食べているのを見るばかりで、食べないの？　と聞けば、後で頼むからと言うので、ゼノに勧められるがままに食べる。お腹が空いていた私は、あっという間に完食してしまった。量もちょうど良かった。満腹とまではいかないが、食べすぎるとこの後が心配だし……とすっかりゼノに染まった頭で思う。

「本当にお腹空いてたんだな。俺の分がなくなった」

「え!?　だって、後で頼むからとか言うから！」

「ははっ、冗談だよ。俺の分を新しく頼んでいいか？」

「もちろん。あ、私が頼んでもいい？　あそこの紐引くんだっけ？」

最初にこの説明を受けてからずっとやってみたかったんだよね。内心ワクワクしながら、ゼノに尋ねる。

「そうだ。そしたら、使用人室のベルが鳴るから、扉の前まで来たら欲しいものを伝えればいい」

「ゼノもサンドイッチでいいの？　ほかのにする？」

「そうだな、それにワインも頼もうかな」

「了解！　私に任せて」

私は、身体の前面だけシーツで隠し、ベッドを降りた。そして、勢い良く部屋の隅にある紐を引いた。耳を澄ましてみても、別に音は聴こえないけど、きっと結構遠くで鳴っているんだろう。よし、できた！

「ゼノ、できたよ！　――わっ！　びっくりした。ど、どうしたの？」

いつの間にかゼノもベッドを降りて、私の後ろにいた。彼はとてもいい笑顔で、私を扉に追い詰めた。

「リリアナ……」

甘い声で私の耳元で囁《ささや》くが、意味がわからない。先ほどまではベッドの上で平和にいちゃついていたというのに、急な方向転換すぎる。これじゃまるでこれから情事が始まるかのような……

「ちょっ……ゼノ、これからこの扉の前で注文するんだよね？　今から誰かここに来ちゃうから、それが終わってからでも――」

「でも、そんな姿のリリアナ見てたら、俺……」

私の身を守るのは、手元に握ったシーツ一枚……私のお腹にはいつの間にか元気になったゼノの肉棒が突き付けられる。

「いいだろ……リリアナ？」

「……んっ……」

駄目だ……これから使用人が来るというのに、ゼノから唇を与えられれば、その気持ち良さに頭に靄《もや》がかかってしまう。せめて、と手元のシーツを強く握るが、ゼノは私のお尻に手を回し、優しく撫でたり、揉んだりする。キスをしている最中にもその優しい愛撫に声が漏れた。

「リリアナはお尻まで綺麗なんだな。白くて、丸くて、食べたくなる」

そう言うと、彼は上目遣いで私を覗き込みながら、下唇をかぷっと食む。

……もうこれ以上ドキドキさせないでほしい。私はシーツを手元から離して、彼の頭を掴み、キスを返した。どんどんと深くなるキス……私たちは生まれたままの状態で、そのまま絡み合うように抱きしめ合った。

ゼノが膝を私の脚の間に割り入れ、蜜口のあたりを腿《もも》でぐいぐい刺激する。ゼノは私を扉に押し付けて、嬉しそうに囁《ささや》いた。

「濡れてる」

「あ、ちがっ……！　これは、ゼノがたくさん出すからぁ……っん」

「そうか、俺の子種か……じゃあ、ちゃんと栓しとかないとな」

「え？　あっ」

ゼノがぐるんと私の向きを変え、扉に手を付かせる。私はゼノにお尻を向けた形になる。彼はすかさず後ろから私を抱きしめ、両手を胸に置いた。下からその重みを確かめるように揉みしだきながらも、私の敏感な頂をくりくりと摘んだ。

「あっ、ゼノ！　恥ずかしいよぉ……はぁん！」

「でも、嬉しそうな声出てるぞ？」

「やっ、だめぇ。それはゼノが悪戯《いたずら》するからでしょ……っ！」

「じゃあ、感じなければいいだけの話だ」

「そんなのっ、無理だよぉっ!!　あ、やんっ！　んっ、ふぅっ」

いつの間にか、ゼノは硬く勃起した肉棒で、私の秘芽を擦り上げるように腰を動かしていた。

すごく気持ちいい。胸も秘芽も攻められて、もう限界だった。イきたい……ゼノの肉棒を挿入してほしい……

「あ、ゼノぉ……挿入れてくれないの……？」

「いいのか？　挿入れて？」

何が駄目だと言うのだろう。この期間は好きなだけゼノを求めていいはずだ。誰もいない、二人だけの時間なんだから。ゼノは私の答えを待つように蜜口に亀頭を添えて、先端をくちゅくちゅ突き合わせていた。ゼノも私の中に入りたいって言ってる……。私は扉に手を付いて、肉棒が深く刺さるようにお尻を差し出した。

「あんっ、ゼノの硬いの……挿入《はい》ってくるぅ!!」

「ふっ、自分で挿入するなんて、ほんとどんどんエロくなってくな……っ」

ゼノが私のお尻に叩きつけるように腰を動かす。ぱちゅんぱちゅんと、私たちの肌がぶつかる音と淫靡な水音が室内に響く。時折、私の乳首や秘芽をゼノが捏ねれば、より一層私はゼノを締め付けた。

「あっ、はぁんっ！　ゼノ、ゼノぉ、気持ちっ、いいっ!!」

「あぁ……俺もだっ。……っ！　リリアナ、静かに」

「んぅ？」

ゼノは私の口を押さえた。後ろから挿入されて、口を押さえられるなんて、まるで一方的にゼノから犯されているみたいでドキドキする。もちろんゼノの肉棒は私に深く挿入されたままだ。その感覚に夢中になっていると、ゼノが私に囁《ささや》いた。

「いいのか？　扉の前に使用人が来るぞ？」

そう言われて、ようやく思い出す、軽食を注文しようとしていたことを。確かに足音が聴こえる。

「あ、駄目……。ゼノ！　ぬ、抜いて……」

「嫌だ。お願いなんてすぐ終わるだろ？　このままリリアナが伝えてくれ」

意地悪なことにゼノはそう言って肉棒でぐるりと私の中を刺激した。

「ひゃああんっ！　動かないでぇ……っ！　す、するからぁ」

「どっちを？　注文？　それとも、セックスを？」

「そ、それは……っ」

コンコンコン。誰かが扉を叩いた。

「何か御用でしょうか？」

ベルナだ！　きっと彼女と話せば、いつもと様子が違うことがバレてしまう。返事をしようか迷っていると、ゼノが私の耳元で囁《ささや》く。

「ほら、サンドイッチ注文して？」

「あっ……ん。さ、サンドイッチを、また……お願いできるかしら」

扉を一枚隔てたその向こうにベルナがいて、私はその前で裸で交わったまま、注文をしている……。緊張からかゾクゾクと背筋に僅《わず》かな刺激が走る。

「かしこまりました。先ほどは小さいサイズをご用意いたしましたが、今回はいかがなさいますか？」

ベルナがそう尋ねる中、信じられないことにゆるゆるとゼノは腰を動かし始めた。思わず小さな嬌声が漏れる。

私は後ろを向いて、ゼノを睨みつけて、その行為に抗議をした。

しかし、彼には全く効いていないようで、むしろ嬉しそうに唇をペロリと舐めている。

……この状況を楽しんでるのね⁉

「リリアナ様？」

いつまでも答えない私を不思議に思ったのか、ベルナに呼びかけられる。ただでさえ嬌声を抑えるのに必死なのに、会話をしなきゃいけないなんて……

「ん……さっきと、同じで……ぁ、いいっ！」

ゼノが私の最奥をぐいっと刺激したせいで甘い声が漏れてしまった。……ベルナに変に思われたんじゃないかと気が気じゃない。しかし、ベルナは淡々と注文を受け付ける。

「……かしこまりました。他にご用意するものはございますか？」

「ないから早く戻って」と言おうと思ったところで、ゼノが囁《ささや》く。

「ワインも、だろ？」

最奥をとんとんと弱く刺激しながら、そう頼む彼は私が耐えているこの状況がたまらなく楽しいようで、やたら上機嫌だ。こちらは声もまともに上げられなくて、辛いというのに……！

「あっ、あと……っ、ぅ、ワインも、お願いっ」

「ワインですね。いつも殿下が召し上がる赤でよろしいですか？」

ゼノは腰を振りながら、余裕そうに「赤で」と言う。そんな余裕があるなら、自分で注文してくれればいいのにと思うけど、きっとこの人は私が快感に耐えながら注文する様を見て、楽しんでいるんだろう。そんなことに付き合う必要なんてないと思うのに……どこかこの状況を気持ちいいと思っている自分がいた。

その証拠に、私はいつもより強く彼のモノを締め付けていたし、抵抗して彼のモノを抜こうとなんて思えなかった。……すっかり彼色に染まってしまったことが恥ずかしい……

「はぁ……ん、あか、でっ。お、お願い……」

「はい。そういえばリリアナ様。……今、兄も心配して扉の前まで来ているんですが、身体は大丈夫ですか？」

イズが……!?　ベルナだけかと思ったのに、イズまで来てるなんてっ！

「っく、リリアナ、そんな締め付けたら……っ」

「え？　ああんっ！　や、らめぇ！」

ゼノが容赦なくズンズン奥を突いてくる。もはや、嬌声を抑えることなどできなかった。

絶対にイズにも、ベルナにも聴こえているのに、こんなに激しくされたら、ただゼノから与えられる快感に喘ぐしかなかった。扉の前で繰り広げられる情事が確かにベルナには聴こえているはずなのに、彼女はあっけらかんと言い放った。

「なーんて、兄が来ているというのは嘘ですよ。他の男性にリリアナ様のこんなえっちぃ声を聴かせたら、殿下に殺されちゃいますから。では、楽しんでくださいね！　先ほど頼まれた軽食は一時間後にでもお持ちします」

「あっ、やっ、ベル……ナ、ちがっ……はぁんっ!!」

誤解だと、そんなんじゃないのだと弁解したいけれど、私の口から紡がれるのは嬌声だけで。ベルナの声に答えたのは、ゼノだった。

「三時間後だ」

「おっと、殿下、失礼しました。では、三時間後にお持ちします！」

やけに弾んだ声でベルナはそう言うと扉の前から去っていった。

しかし、ゼノから与えられる快感は絶えずやってきて、私は文句の一つも言えない。

「さっきイズが来てると言われた時、なんであんなに締め付けたんだ？」

「あっ、やぁ……！　しっ、知らないっ！　あぁん！　わからないようっ!!」

「イズのことが気になってるのか？　それとも、他の男にエロい声を聴かれたと思って興奮した？」

イズのことが気になっているだなんて微塵もない。そんなこと、今までの私を見てたら、わかることなのに……！

止まることのない彼が与える快感のせいか、いらぬ疑いを掛けられたからか、私の目には涙が滲んだ。

「そっ、あんっ！　そんなこと、ないっ!!　わたし、がっ……好きなのはゼノだけぇ！」

「あぁ……そうだよなっ。俺も、リリアナだけを、愛してるよ……っ！」

「あっ、ゼノっ！　イク……イっちゃうっ!!」

身体がビクンと跳ねて、がくんと身体から力が抜ける。

それをすかさずゼノが支えてくれる。

後ろから私を抱きしめると振り向かせて、濃厚なキスを贈られる。

「ごめん……泣かせちゃったな」

「ううん……気持ち良くて……。ゼノが、ゼノだけが好きだって……信じてる、よね？」

「もちろん」

「良かった……」

「だから……もっと愛を確かめ合おうな」

「ん？　あ、あぁんっ!!」

結局その後も私たちは昼夜も問わず、求め合った。交わっては、気を失うように寝て、また起きるとどちらからともなく相手に手を伸ばし、その愛しい温もりを確かめた。時々、ベッドサイドに置いてある水や果物や軽食を二人で食べさせ合って、また絡み合った。ベッドがいろんな体液で汚れたら、二人でお風呂に入って、繋がった。風呂から出るとまたベッドは綺麗になっていて、私たちはその上で抱き合って眠ったのだった。

それから、八年後……

「ゼノ・コルシニオス、そなたを新王と認める。これからも精霊王の恵みに感謝し、国の繁栄をもたらすよう」

「ええ、必ず。シルワ国の繁栄を約束いたします」

ゼノが跪《ひざまず》くと、その頭には光り輝く王冠が授けられる。

会場には割れんばかりの拍手が巻き起こった。ゼノと私は二人で腕を組み、外へ出て、王宮のバルコニーから民衆へ新王の顔を見せた。

王宮前には驚くほどの人々が集まっていて、いかに新王の誕生を皆が喜んでいるかが伝わってくる。

「おめでとう、ゼノ。皆、あなたが王になるのを心待ちにしていたみたいね」

「いや、新王の誕生を祝福する歓声に交じって、王妃様おめでとうございますって声も聴こえるぞ？　皆、俺が王になることよりもリリアナが王妃になることの方が嬉しいんじゃないか？」

「もう、そんなはずないでしょ。……私も嬉しいわ、この時を隣で迎えることができて」

「あぁ……ずっと隣にいてくれてありがとう……。これからもどうか俺と共に」

「もちろん！　愛しているわ……ゼノ」

ゼノが私の腰を抱いて、額にキスを落とす。すると、王宮前の民衆は、大盛り上がりだ。照れくさいことだが、ゼノが私を溺愛していることは公の事実である。

私とゼノの恋物語は、多くのフィクションや脚色を挟みながらも、絵本、小説、舞台などあらゆる媒体で展開されていた。

驚くべきことは、その火付け役がベルナだということだった。彼女は王太子妃付の侍女を続けながら、隙間時間でその事業を展開しているのだ。彼女は「リリアナ様の愛らしさは、この国を……いや、この世界を照らすものですわ！　皆にこの尊さを伝えなくては！」とまぁ、よくわからないことを言っていた。

でも、その手腕は確かなようで、がっぽり儲けているようだ。

私は恥ずかしくて見れないが、ベルナ曰《いわ》く、全ての商品は、ゼノのお目通し済みなのだそうで、ゼノが許可を出しているならいいかと、好きにやらせている。ついでにゼノはベルナが設立した商会で売り出されている私の絵姿を全てコンプリートしていて、執務室の一番手前の引き出しに入れてあるらしい……ゼノの補佐官が教えてくれたのだが、恥ずかしさで頭を抱えてしまった。

その時、後ろから大きく騒ぐ声と、おずおずとした声が聴こえた。

「ねぇ、もうお父様とお母様のところいっていいでしょー!?」

「お、お姉ちゃん……もう少し待ってようよ……」

「まったくあんたは、弱虫なんだから！」

振り返ると、そこには私たちの宝物がいた。

六歳になる娘のアウラと、四歳の息子ノアだ。アウラはなんというか物怖じしない性格だが、対照的なノアは照れ屋でいつも姉の陰に隠れてばかりだ。

「おいで」

ゼノが二人に声を掛けると、満面の笑みを浮かべて、こちらに駆け寄ってくる。そんな二人を私たちはそれぞれ抱き上げた。

「お母様。ノア、いい子にしてたよ？」

「えぇ、ノア。見てたわ、とってもいい子にしてたわね」

褒めてあげると、ノアは嬉しそうに顔をくしゃっとして笑う。ノアは、見た目が本当にゼノそっくりで、そのまま彼を小さくしたような感じなのだ。真っ赤な燃えるような髪も、黒く澄んだ瞳も、ツノもゼノと一緒。本当に可愛い。

隣では、アウラがゼノに抱っこされている。

「お父様！　見て、魚屋のおっちゃんも来てる！　あっちにはラダも見える！　おーい!!」

「おい……アウラ、友達が多いのは結構だが、また勝手に王宮を抜け出して行ったんじゃないだろうな？」

「お父様ったら、細かいことは気にしないの！　大丈夫、一人は連れていってるから」

アウラは驚くほど行動的で、勝手に王宮を抜け出して、街に出てしまう。自分が行きたいと思ったら、王宮の衛兵を適当に一人お供として、街に連れていくのだから、大したものだと思う。

ただちょっと自由すぎるが。見た目は、黙っていれば人形かと思うほど整っているのに、行動も言動も男気がありすぎるので、将来が心配でしかない。

「リリアナ。そろそろ二人が起きる時間じゃないか？」

「そうね、せっかくだから乳母に言って、連れてきてもらいましょう。みんな揃って民衆に顔を出すことなんて、あんまりないものね」

実はアウラとノアの下にも、昨年双子の男児が生まれていた。私が人間だからというのもあるが、子だくさんが珍しい魔族の中では四人も子供がいるというのは信じられないそうで、双子が生まれた時は数日間、お祭り騒ぎが続いたほどだった。

乳母に抱かれてリトとセロがやってくる。二人とも少し目を開けたが、まだまだ眠いようで、うにゃうにゃ言っている。

「ふふっ、まだ眠いみたいよ」

「少しだけ顔を見せたら下がるか」

私たちは笑い合う。ゼノは変わらず優しい。世界一、私のことを大事にしてくれる。毎日抱きしめて、キスをして、愛していると囁《ささや》いてくれる。

夜は少し意地悪になる時もあるけど……そんなところも含めて全部大好きだ。

八年経った今でも彼は相変わらずかっこよくて、私はいつもドキドキさせられる。今だってそうだ、甘さを溶かした熱い瞳で、私のことをじっと見つめるんだから。

その瞳には、自信と愛が溢れていて、かつて広場で自分のことを強くも優しくもないから……と瞳を揺らしていた青年の面影はなかった。私の目の前にいるのは、強き王であり、優しい父であり、愛に溢れた夫の姿だ。

その時、ぴゅうっと風が吹いて、金の花びらが空から舞った。訪れた奇跡に人々は歓声を上げた。

「すっごい！　見て、お母様、金色の花びらよ！」

ぴょんぴょんと飛び跳ねて、アウラは花びらを掴もうとする。

「わぁ……綺麗だなぁ」

ノアは空から降るその様子をキラキラした瞳で見つめている。

さっきまでうとうとしていたリトとセロも目を見開いて、花びらに手を伸ばしている。

「精霊王様、ありがとうございます……」

ゼノは感謝の言葉を述べながら、花びらを掴んだ。

最近ではほとんど姿を見せなくなった彼女だが、今日はお祝いのために来てくれたようだった。

「大親友の新たな門出だもの。祝福しないわけにはいかないでしょ？」

「アイナ……！　ありがとう……」

「こちらこそ。これからもシルワの愛し子たちをよろしくね」

暖かな風に乗って、アイナの穏やかな声が響く。

帝国から出た時は、婚約破棄された追放令嬢と力のない妖精だったはずなのに、今じゃ王妃と精霊王なのだから、不思議だ。

アイナも私も、今は多くの護るべきものができて、強くなったと思う。

でも、私を一番強くしてくれたのは……

隣で民衆に手を振るゼノを私は見つめた。私の視線に気付いたゼノが「どうした？」と声を掛けてくれる。

舞う花びらの中に立つ彼は、この世のものとは思えないほど、美しくて……

私は愛おしさが溢れて、胸が詰まった。

……この幸せを守り続けるためにこれからも私は私らしく進もう、いつだって最愛の彼と共に。

黄金の花びらが舞う中、私はそう新たに決意して、ゼノに向かって微笑んだのだった。

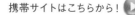

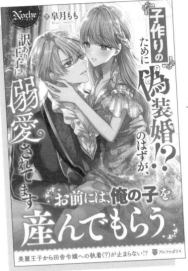

この作品に対する皆様のご意見・ご感想をお待ちしております。

おハガキ・お手紙は以下の宛先にお送りください。

【宛先】

〒150-6008 東京都渋谷区恵比寿 4-20-3 恵比寿ガーデンプレイスタワー 8F
（株）アルファポリス　書籍感想係

メールフォームでのご意見・ご感想は右のＱＲコードから、
あるいは以下のワードで検索をかけてください。
アルファポリス　書籍の感想　検索

ご感想はこちらから

追放令嬢《ついほうれいじょう》の私《わたし》が魔族《まぞく》の王太子《おうたいし》に溺愛《できあい》されるまで

はるみさ

2023年 2月 28日初版発行

編集－桐田千帆・森 順子
編集長－倉持真理
発行者－梶本雄介
発行所－株式会社アルファポリス
〒150-6008 東京都渋谷区恵比寿4-20-3 恵比寿ガーデンプレイスタワー8F
TEL 03-6277-1601（営業） 03-6277-1602（編集）
URL https://www.alphapolis.co.jp/
発売元－株式会社星雲社（共同出版社・流通責任出版社）
〒112-0005 東京都文京区水道1-3-30
TEL 03-3868-3275
装丁イラスト－森原八鹿
装丁デザイン－AFTERGLOW
（レーベルフォーマットデザイン—ansyyqdesign）
印刷－株式会社暁印刷

価格はカバーに表示されてあります。

落丁乱丁の場合はアルファポリスまでご連絡ください。

送料は小社負担でお取り替えします。


ISBN978-4-434-31629-6 C0093